JN251942

メゾンAVへようこそ!

CROSS NOVELS

松幸かほ
NOVEL: Kaho Matsuyuki

コウキ。
ILLUST: KOUKI.

CROSS NOVELS

CONTENTS

CROSS NOVELS

CONTENTS

メゾンAVへようこそ!

1

かつては駅の乗降客でにぎわっていた昔ながらの商店街は、公共交通機関よりも車での生活が主になったこともあり、半分ほどがシャッターを下ろしている。

そんな商店街の一角に、「酒、食事処・貞七《さだひち》」はある。

「ホッケの開き定食、お待たせしましたー」

カウンターに十席、四人がけのテーブル席が二つというこぢんまりとした店をカウンターの中で切り盛りするのは槙田望《まきたのぞみ》だ。

一七〇センチとサバを読むには少々気が引ける一六七センチ、二十五歳の望だが、骨格が華奢《きやしや》な分実際の身長よりもさらに小さく、そして若く見られがちだ。

「やっぱ、ここの味噌《みそ》汁飲むと落ち着くー」

「ありがとうございます。おやっさんから引き継いだ秘伝の味噌汁ですから」

その声に望はにこやかに返しながらも、手は他の客の料理を作るために動き続けている。

「大将、完全に望ちゃんに居場所を奪われちまったな」

地元の客が笑いながら、レジ前に腰を下ろし壁据えのテレビを見ていた老人に声をかける。

「望がいりゃあ、うちは安泰だ。こうして昼間っからのんびりテレビを見て過ごせる」

そう答えるのが店主の大沢《おおさわ》貞七だ。

四十数年前、ここに店を構えて以来、営業を続けていたが、二年ほど前に腰を痛めて入院した。基本、立ち仕事の店を続けるのは無理かもしれないと諦《あきら》めていた彼と、入院先で同室になったのが望だ。

望は高校卒業後に、ある日本料理店で板前になるために住み込みで修業をしていた。

だが、その店が倒産し、次に修業先として入った店の労働条件があまりに過酷で、半年余りで望は過労から倒れて入院していたのだ。

入院食に文句を言うところから意気投合した二人が、互いの身の上を話すに至るまでさほど時間はかからなかった。

その結果「過労で倒れるような修業先に戻りたいと言うなら止めないが、辞めるならわしの店で働いてみんか?」と貞七は望を誘い、修業先に戻りたくなかった望は貞七の誘いに乗った。

それから二年、望は住み込みで貞七の指導を受けながらこの店を切り盛りしてきた。

最初はあれこれと体に負担のない範囲でカウンターの中で望を手伝っていた貞七だが、半年ほど前からは望にすべてを任せ、本人はレジだけを担当している。それだけ望の腕を信頼してくれていた。

客の中には本当の祖父と孫だと思っている者もいるくらい、二人の関係はよかった。

定食のピークが過ぎ、カウンター席が半分ほどに空いた頃、新たな客が入ってきた。

「いらっしゃい」

カラカラと引き戸の開いた音だけで条件反射のように言ってから客を確認した望は、胸の内で「あ」と思った。

入ってきたのは、すらりとした細身の優美な青年だったからだ。カウンターのあまり人目につかない奥の席が彼の定位置で、空いていれば必ずそこに座る。その席に向かいながら、望に聞いた。

「今日の定食は?」

「今日はイサキって魚を蒸した物がメインで、豆ご飯を一応セットにしてますけど、普通のご飯にも変更できます」

「豆ご飯ですか。春らしくていいですね。じゃあ、それをお願いします」

「かしこまりました」

返事をし、手早く伝票に「今定」と書きこみ、すぐ調理に入る。

青年が店に来る頻度はまちまちで、三日連続で来たかと思えば、三週間くらい空いたりすることもあるのだが、月平均で五日ほどだろうか。

丁寧な口調と柔らかな所作もあって、人目をかなり引く。他の常連からは密かに「べっぴんさん」と呼ばれているが、近寄りがたい雰囲気があるので、親しく声をかける者はいない。

——オーラがちょっと普通の人と違うんだよなぁ…。

髪も長めで、着ている服も綺麗《きれい》系カジュアルという感じなので、一般的なサラリーマンではないと思う。

——まあ、綺麗な人だし、芸能人ってセンも考えられるよな。

そんなことを思いながら、望は料理を作る。

気のいい貞七と、そんな貞七の人柄と料理にひかれて常連になった客たち。

望にとってこの店はとても大事な自分の「居場所」で、これからも貞七の許で働くのだと、なんの疑問もなく思っていた。

貞七が亡くなったのは、その矢先のことだった。

◇◆◇

貞七の死から三週間。

望はガランとした店の中を見渡した。店舗兼住宅だったこの場所は売り払うことが決定していた。

睡眠中に起きた心不全。死因はそれだった。

貞七の一人息子は海外在住で、向こうで家族を持っている。望は去年、帰国した彼と会っていたが、気さくないい人だった。貞七の訃報を聞いて駆けつけてきた彼は、まず、望を労《いたわ》ってくれた。

貞七の葬儀の後、二日ほど日本にいた息子と今後のことを話し合った結果、彼はもう日本に生活基盤を築く予定はないということで、この場所を売り払うことが決定した。

その後片付けは望に任されることになり、望は毎日、終《しま》い支度に追われていた。

「これは処分だから、車に積んで処分場、と……」

仕入れに使っていた軽ワゴン車に廃棄する家具や厨房器具などを積み込んでいく。その中、

「お店、閉めてしまうんですか？」

不意にそう声をかけられ、振り返るとそこにいたのは、あの常連の「べっぴんさん」だった。

「あ…はい。実は、おやっさんが亡くなって……」

望の言葉に、彼は目を見開いた。

「お亡くなりに……いつですか？」

「三週間くらい前です。えーっと…この前、店に食べに来てもらった次の次の日に、心不全で」

望の言葉に、彼はしばらく仕事で地方に行っていて、帰ってきて何度か店を覗いたが閉まったままになっていたので気になっていた、と話した。

「おやっさんの息子さんが海外で暮らしてて…もうこっちに戻って暮らす予定がないってことで、ここは売ってしまうことになったんですよ。俺は頼まれて、店終いの準備してるんです」

「残念ですね、お気に入りのお店だったんですけど」

彼の言葉に望は、ほんのりと嬉しくなった。

彼が気に入っていたのが店の雰囲気なのか、料理なのかは分からないが、望もこの店が大好きだったからだ。

「ありがとうございます。おやっさんも喜んでると思います」

「でも、君は確かここに住み込みだったでしょう？　この後、どうするんですか？　もう次の仕事先や住むところは決まって？」

彼とそういう話をしたことはなかったのだが、他の常連客との会話などから知っていたらしく、心配してくれたのか、そう問いかけてきた。

「今はまだ何も。片付けに追われてて……。一段落したら、マンスリーにでも一旦落ち着いて仕事を探そうかと思ってます」

望の返事に彼は、それなら、と切り出した。

「もし条件が合えばですが、うちで働いてみませんか？」

その言葉はあまりに突然で、そして意外で、望は咄嗟《とっさ》に言葉を返すことができなかった。

彼の仕事の時間が迫っていたので詳しい話は聞けなかったのだが、男三人でシェアハウスに住んでいるらしい。以前はもう一人いたシェアメイトがいろいろと雑用を進んでやってくれていたのだが、半年ほど前にシェアハウスから巣立ったそうだ。

『残りの三人は、それぞれ忙しくて、行き届かないことばかりで。特に食生活が困ってるんですよ。体が資本の仕事なので、出来合いの物や外食ばかりというのはね……。僕個人としては、このお店の料理がとても好きなので、うちに来てもらえると嬉しいんですが』

「べっぴんさん」――織原眞人《おりはらまこと》は、そう話していた。

夜になり、手渡された名刺を見ながら、望は「この先」のことを考えた。

貞七が亡くなってから、することが多すぎて、正直自分のことはすべて後回しになっていた。

とりあえず新しいところに落ち着いてから職探しに出るつもりをしていたので、眞人の申し出はありがたかった。

とはいえ、もう少し条件などを聞いてみなければ、と思うだけの余裕はある。

それでも、自分の料理を褒《ほ》めてもらえたことが望は嬉しかった。

店の片付けが大体終わったのは二日後のことだった。

後はこまごまとした用事が残っているが、すべて目処はついている。

その段になって、望は眞人に連絡を取り、会うことになった。

来るようにと指定されたのは、店から自転車で十五分ほど離れた場所にある、旧住宅街と地元の人間たちが呼んでいる地域だった。

その呼び名通り昔からの家が多いのだが、現在の開発地区から離れて多少不便になってしまったことから、今は空き家も多い様子で、更地になっているところもある。

ただ、一戸当たりの土地面積が今の開発地区の建売とは段違いに広い。どの家も余裕で二区画分はあるだろう。

眞人に指定されたその家は古い洋館風の建物で、門から玄関までの前庭が大きく取られ、車が四台くらいは余裕で駐められる広さがあった。もちろん、本体である洋館も大きい。

門扉は開かれていたが、一応インターホンを押し、応答を待った。ややすると、どなたですか、と眞人の声が聞こえ、名乗るとどうぞと返事があり、望は敷地内に足を踏み入れた。

そして望がアプローチを進み、間もなく玄関に到着というタイミングを見計らったようにドアが開けられ、眞人が姿を見せた。

「どうぞ中へ」

促されて中に入ると、そこは広めの玄関ホールになっていたが、外見に比べて中はリフォームしてあるのか比較的新しそうだった。しかし、いろいろなダンボール箱が乱雑に置かれており、箱に描かれているマークから察するに、大手通販会社の荷物だろう。

「いろいろ片付いてなくてすみません」

望がダンボールに目をやったのに気付いた眞人が口を開く。

「あ、いえ。みなさん、忙しくされてるってお話でしたし」

歩く場所がないほどではないし、中身が入ってないなら潰《つぶ》してしまえば、すぐ片付くレベルだ。

そう思いつつ、先導する眞人に続いてリビングに入ったのだが、そこも結構雑然としていた。

一応テーブルの上には何もないのだが、ソファーの角にダンボールがあり、中身を隠すようにバスタオルがかけられている。多分、応急処置的にテーブルやソファーの上にあった物をあそこに片付けたのだろう。

「お察しの通り、こういう有様の男所帯なんですよ」

望をリビングに通した後、お茶を淹れに行っていた眞人が、テーブルにコーヒーを置きながら言う。

「一緒に住んでいるみなさんがそれぞれ忙しいという話は、この前伺ってますから」

言外に予想の範囲内だと望は返した。

互いに一口、コーヒーを飲んでから、働く条件の様な物についての話に入った。

「住み込みで来ていただく、ということで話を進めても？」

眞人に確認され、望は頷《うなず》いた。

「こちらの要望としては、お料理以外に掃除や洗濯といった家事全般をお願いしたいと思っています。家賃と光熱費等は必要ありません」

「え…、いいんですか？　でも、俺の分の家賃は発生するでしょうし……」

シェアハウスに住んだことはないが、共有スペースが多いだけで、普通の賃貸と同じく入居者ごとに家賃がかかるという認識だった望は驚いた。それに、貞七の厚意で家賃等はナシだったが、先の二つの働き先では寮費が給料から引かれていたからなおのことだ。

「いいんですよ、ここは僕の生家で、言ってみれば僕が大家みたいなものですから」

「そうなんですか」

「なので、家賃はいりません。必要経費に関しては、一応すべてこちら持ちで、経費になるかどうか微妙な物については要相談ということでどうかと思っています。それから、一番大事なお給料についてですが、参考までに今のお店でいくらだったか教えていただいても構いませんか？」

眞人に聞かれて、望は戸惑いながら答えた。

「十二万、です」

「十二万？　営業時間外も仕込みや掃除があったでしょうし、定休は日曜だけだったでしょう？」

驚いたように眞人は問い返した。労働時間に対して給料が思ったよりも安いと言いたいのだろうと口調で分かる。それに望は慌《あわ》てて付けたした。

「食事や家賃、光熱費とか、そういうのをおやっさんが負担してくれてましたし、わりと休憩時間も多く取れていたので、問題なかったです」

決して、悪い条件で働かされていたのではないと言外に告げる。実際に、望がそれまでに働いていたところと比べれば、条件ははるかによく、やりがいもあった。

「そうですか。……まあ、槇田くんがそれで納得していたなら、問題はないんでしょうけれど」

そう言ってから少し考えるような表情をして、眞人は続けた。

「うちに来てもらう場合もそれに準じた形でお休みの日を取っていただこうと思いますが、それは今後相談ということで……ああ、そう、お給料は十五万円でいかがでしょう」

出された数字に望は目を見開いた。それを不満と受け止めたのか、

「もう少し上乗せもできますが……」

眞人はすぐに重ねて付けたした。

「いいえ、あの、そうじゃなくて……、俺、料理は本職ですけど、家事能力に関しては給料をもらっていいレベルかどうか疑問ですし……疑問なのに十五万もなんて…」

望が慌てて返した時、玄関のドアが開く音が聞こえた。そしてほどなくして、リビングに姿を見せたのは、思わずドキッとしてしまうようなイケメンだった。

眞人が初めて店に来た時も、あまりに綺麗な顔立ちだったのでドキッとしたのを覚えているが、その時とはまた種類の違う「ドキッ」とした感じだ。

眞人はどこか薄い膜を隔《へだ》てた向こうの人、というような印象だったのだが、新たなイケメンはたとえとしてどうかと思うが「生々しい」雰囲気がある。

——っていうか、こういう人を「フェロモン垂れ流し」っていうんだろうな……。

ただ立っているだけなのに妙に艶っぽい印象がある。

その彼の傍らで小さく動く物があり、見てみると、三、四歳と思《おぼ》しき可愛らしい子供だった。

子供は望の視線が自分に向いたのに気付くと、慌ててイケメンの長い足の後ろに隠れた。

「貴臣《たかおみ》、智哉《ともや》くん、おかえりなさい」

眞人が二人に視線をやり、挨拶すると、子供は顔を半分だけイケメンの足の横から見せ、小さく頷くくらいの感じで頭を縦に振る。それにイケメンは苦笑しながら眞人に聞いた。

「ただいま。眞人くん、彼が話してくれてた子？」

「ええ、槙田望くんです。槙田くん、彼が同居人の一人で篠沢《しのざわ》貴臣です。後ろにいるのが彼の一人息子の智哉くん」

「同居してらっしゃる方は三人って伺ってますけど、三人目がお子さんということでいいんですか？」

てっきり大人三人の同居だと思っていたので確認すると、眞人は「あ」という顔をした。

「すみません、智哉くんをカウントし忘れてましたね。もう一人大人がいて、正確には四人です」

「大人の方が三人と、お子さんが一人、ですね」

望の言葉に眞人は頷く。それを見ながら、イケメンは子供を後ろに張り付かせたままでソファーに近づきながら、聞いた。

「彼、いつから来てくれるのかな？」

「まだ交渉中です。勤務先の状態と、条件の確認をしてもらっているところですから」

「もう、住む部屋は見てもらった？」

「いえ、まだ」

「じゃあ、仮に受けてもらったら、どういう部屋に住むことになるのか、先に見てもらえばどうかな」

貴臣はそう提案した。

「それもそうですね。『自分の部屋』がどういうところになるのかは、一番重要ですし」

眞人はそう言うと立ち上がった。

「案内するので、来てもらえますか？」

「はい」

返事をして、望は部屋へと案内してもらった。貴臣と智哉もついてきて、四人での移動だ。

空き部屋は一階と二階に一部屋ずつ。どちらも八畳ほどで、一階はリフォームをしてから誰も使っておらず、時折窓を開けて空気の入れ換えをしているだけらしく、少し埃《ほこり》っぽい感じがした。

前の住人がいた二階の部屋は、出ていく時に清掃をきちんとしていったようで、綺麗だった。

「うちに来て下さるなら、どちらでも好きな方を選んで下さい」

二階の部屋を見終わり、再びリビングに下りてきて眞人がそう言った時、やはり一緒に貴臣とリビングに来ていた——二階の部屋を見ている間に幼稚園のカバンや帽子などは自室に置いてきたらしいが、代わりにクマのぬいぐるみを片手に抱いている——智哉のおなかが、クゥっと鳴った。

「ちょうどおやつの時間だね。ついでにお茶でもどうかな」

貴臣がそう切り出し、みんなでお茶を、という流れになったのだが、

「……眞人くん、智哉の玉子ボーロ、食べた？」

どうやら智哉のお菓子を入れているらしい箱を開けた貴臣が少し眉間を寄せながら聞いた。

「食べませんよ。ないんですか？」

「うん。昨日買ったばかりの連パックのが全部なくなってる」

「……元彦《もとひこ》じゃないですか？」

「そうとしか考えられないよね」

犯人の目星をつけると、貴臣は智哉を見た。

「元彦くんがおやつを食べちゃったみたいなんだ。今から買いに行く？　それとも、今日我慢できる？」

話の成り行きから自分のおやつがなくなっていることは察していたのか、すでに智哉は涙目だった。

だが、涙目になりつつも、

「……だいじょうぶ…」

智哉が我慢できると返事をするのに、望は驚いた。

智哉くらいの小さな子供にとって「おやつ」はかなり重要なものだと思う。

実際涙目になっているのだから、かなりがっかりしているだろうに、我慢するというのだ。

――普通、泣いて大暴れしてもおかしくなさそうなんだけど……。

そんな風に思いながら智哉を見ていると、

「……このあたり、気軽に買い物ができる場所がないんですよ。昔はスーパーがあったんですけどね」

眞人が説明するように言う。確かに、店からこの家までの道中にスーパーやコンビニはない。望の知っている範囲でもこの周辺で一番近いスーパーは車で五分ほどの距離だ。

その不便さがこの旧住宅街が寂《さび》れた理由の一つでもある。

とはいえ、涙目になっている小さな子供におやつを我慢させるというのも忍びなくて、

「あの……ちょっとしたものでよかったら、おやつ、作りますけど」

望が言うと、貴臣と眞人は驚いたような顔をした。

「え、悪いよ」

「それに、おやつが作れそうな材料というのもあるかどうか……」

眞人の言う通り、材料がなければ無理になるので、とりあえず台所を見せてもらうことにした。

冷蔵庫の中は、チーズや塩辛、ちくわといった酒の肴《さかな》になりそうな物以外はスッカスカと言ってもよさそうだったが、幸い、玉子と牛乳があった。前の料理を担当していた住人が買い置きしていたと思しき未開封の小麦粉と砂糖も残っていたので、簡単にパンケーキを作ることにした。

「おまたせしました」

先に眞人が淹れたお茶を飲みながらリビングで待っていた智哉の許に、パンケーキを持って行き、

目の前に置くと、智哉は戸惑ったような顔をして望と貴臣の顔を見る。それに貴臣が頷くと、

「ぁ…りがと……」

どこか遠慮がちに礼を言い、食べ始める。

一口食べた智哉は驚いたような顔をした後、隣に座した貴臣を見上げ、服の袖を引っ張った。

「智哉、何？」

貴臣が問うと、智哉は無言でフォークを差し出す。

――あれ、おいしくなかったのかな……。

和食が専門ではあるが、店で出すレベルの物は無理だとしても、ちょっと人に振る舞う程度の簡単なお菓子としては問題ない物を作ったつもりだ。

一応、味見もしたが、砂糖と塩を間違えるような失態はやらかしてない。

不安に思う望の視線の先では、貴臣がフォークを受け取って、一口分切り分けると口に運んだ。そして味を確認するように二度ほど噛《か》んだ後、ハッとした顔で望を見た。

「うわ……凄《すご》いおいしい…！」

「そんなにおいしいんですか？」

貴臣の様子に眞人が手を伸ばしてフォークを受け取り、同じく一口分切り分けて口に運んだ。

「……これを、あの材料だけで作ったんですか？　凄いですね……」

眞人も感嘆するような口調で感想を述べると、フォークを智哉に返した。

智哉はすぐにまた食べ始める。

おいしかったのでおすそわけをしたかったらしいと認識して、望は安堵《あんど》した。

「でも、シロップなんて、うちになかったよね？」

パンケーキにかけてあったシロップを指差しながら貴臣が問う。

「砂糖と水を少し煮詰めてカラメルっぽくしただけです」

望がそう説明すると、貴臣は感心したように息を吐いた後、

「個人的には、すぐにでもここに来てほしいね」

腰のあたりがざわっとする様な艶めいた声と、それとは対照的に思えるさわやかな笑顔で言う。

——うわ……なんか、凄い…。

同性としてどうなのかと思うが、正直、望は無駄にときめいた。

「魚の煮つけも絶品なんですよ。甘辛さがちょうどで……煮つけの汁だけでもご飯一杯はいけますね」

貴臣を煽《あお》るように眞人が言う。その言葉に、

「眞人くん、魚、苦手じゃなかった？」

少し首を傾げつつ、貴臣が問う。

「魚嫌いを返上していいくらいにおいしいってことです」

眞人の返事に、「そんなにか……」と呟《つぶや》いた後、

「これは是が非でも来てもらいたいな……。言い値を出すよ」

真面目な顔で貴臣は言ってくる。もちろん、流れからの冗談が半分入っているとは思うのだが、それでもパンケーキを褒められたことや、魚嫌いを——店では魚料理もよく注文していたので全く知らなかったが——返上してもいいと言う眞人の言葉は嬉しかった。とはいえ、

「さっきも織原さんには言ってたんですけど、料理は曲がりなりにもプロとしてお店で調理をしてい

たので、それなりにはできるつもりですが、それ以外の家事については求められる水準に達してるかどうか分からなくて……」

望は気にかかっていることを再び口にする。そんな望に、まず眞人が言った。

「むしろ食事が一番困ってるんですよ。家の中が多少乱雑でも生死にはあまり関わりませんし、洗濯物もいざとなればすべてクリーニングに出せばいいわけですから」

「そうなんだよね……。宅配ピザなんかの店屋物とか、出来合いの弁当、外食、正直そういうのには飽きてるし、何より智哉の体が心配だから……」

続けて貴臣もそう言って、パンケーキをもぐもぐしている智哉の頭を愛しげに軽く撫でる。

確かに、手軽に購入できる食品は味が濃かったり、幼い子供にとって望ましくない物もあるだろう。

それでも、引き受けてしまっていいのだろうかと悩んでいると、

「確か、マンスリーに移って次の仕事を探すつもりだと話してましたよね？」

眞人が確認するように聞いてきた。

「あ…、はい」

「では、その家賃を浮かすつもりで、とりあえずうちに来てみませんか？　もしここでの仕事が合わないと思えば、手の空いた時間に次の仕事を探すことも可能ですし」

眞人はそんな提案をしてきた。

そして、その提案は物凄く魅力的だった。

住宅情報誌を見て知ったのだが、マンスリータイプの物件は思ったよりも値段が高かった。すぐに次の仕事が見つかればいいが、見つからなければ貯金を食い潰していくしかない。

——もちろん、繋《つな》ぎのバイトをするってこともできるけど……。

それでも余計な出費はできるだけ抑えたいのが本音だ。

「……なんていうか、条件が良すぎて…本当にいいのかなって思うんですけど」

おそるおそる口にした返事に、眞人と貴臣はイエスの意思をはっきりと汲み取って笑顔を見せた。

趣《おもむき》の違う美形二人の笑顔は、とんでもなく魅力的で、

——眼福《がんぷく》ってこういうこと言うんだろうな。

などと思う望だった。

2

店の終い支度を完了した望がシェアハウスに越してきたのは、面接から一週間後のことだった。

店で仕入れに行くために使っていた車も売却してしまったので、望は引っ越しの荷物を自転車で運ぶつもりをしていた。だが、それを知った眞人が、午前中なら車を出せるからと手伝いを申し出てくれ、引っ越し荷物を車で一度に運んでもらうことができたのだ。

――ポルシェに積んでもらうのは気が引けたけど……。

さほど車に詳しいわけではないが、有名な車だし、お高いことだけは分かっていたので、朝、店まで迎えに来てくれた時は物凄く戸惑った。もちろん、面接に来た時も敷地内に停めてあったはずなのだが、奥の方に停めてあったのでよく見ていなかったのだ。

「それにしても、本当に荷物が少ないんですね。台所用品の方が多いんじゃないですか？」

台所用品を運んでくれた眞人が、望が自室に選んだ一階の部屋に顔をだし、荷解き中の少ない荷物に驚いた様子で言う。望が持ってきた私物はダンボール一つと、後はボストンバッグ一つ分だ。

店の終い支度ついでに、引っ越しを見越して自分のものもある程度処分したし、服は飲食業をしていると匂いが染みついてしまうので、少数を着潰して、買い替えるようにしていたので、そもそもの数が少ない。それ以外の荷物も料理の本が大半だ。

「でも、料理が趣味でもあるので台所の物が趣味用品だとしたら、そう少なくはないような……」

「そういう考え方もあるんですね」

眞人は笑って返した後、

「これから仕事に出かけます。夕方には戻れると思いますが……」

そう言って財布を取り出すと、一万円札を三枚取り出した。

「前回同様、料理に必要な基本的な物がほぼありませんので、調味料や食材の購入費に充てて下さい」

「お預かりします」

素直に受け取ると、眞人は、ではよろしく、と言って部屋を出て行った。

望はそれから小一時間、部屋の荷物と台所に運んでもらった物を片付けた。

台所の荷物は、使い慣れた道具や、手に入りにくい調味料、それから店で使っていたぬか床だ。

それらをしまうついでに足りない調味料をメモし、望は買い出しに出た。

買い出しから戻ると、早速、本来の仕事である食事作りの始まりだ。

「夕方には帰るって言ってたから……六時ごろには食べられるようにしといたほうがいいかな」

出かけたのが昼前で、夕方に戻ってこられる仕事というのは正直ピンとこないのだが、普通のサラリーマンでないことだけは分かる。

――まあ、いっか……。そのうち分かるだろうし。

考えるのをやめ、下ごしらえを始めて少しすると、玄関のドアが開く音が聞こえた。

眞人から家にいる時でも必ず施錠をと言われていたので、帰ってきた時にちゃんと施錠をしたはずなのだが、ドアが開いたということは施錠をし忘れたのだろうかと思いつつ、どちらにせよ人が来たことは確かなので玄関に向かう。

玄関にいたのは、幼稚園カバンを下げた智哉と、先日の面接の時には見なかった男だった。

眞人が繊細王子様系、貴臣がフェロモン垂れ流し系なら、目の前の男はワイルド系のイケメンだ。男は望を見て怪訝《けげん》そうな顔をしたが、

「ぱんけーきの、おにいちゃん」

智哉が小さな手でワイルドイケメンのジーンズを引っ張って伝える。その言葉で、

「ああ、眞人の言ってた新しい同居人か」

一応聞いていたらしく、確認と呟きを混ぜたような口調で言った。

「はじめまして、槙田望と言います」

「高野《たかの》元彦だ。…こいつ、任せていいか？　俺、次の撮影あるから」

智哉の頭を軽く撫でながら元彦は言った。

「あ、はい」

「じゃあ、たのむ。智哉、いい子にしてろよ」

元彦は智哉に言うと、そのまま出て行った。

——撮影？　なんか、芸能界とかそういう関係の人？

ルームシェアをしている三人が三人ともイケメンというのは、その可能性も高いのかもしれない、と思いつつも、望は自分をやや不安げに見上げてくる智哉に声をかけた。

「智哉くん、お靴、自分で脱げる？　手伝う？」

智哉は小さく頭を横に振ると、自分で靴を脱いで玄関に上がり、脱いだ靴も揃えて置き直した。

どうやら、躾《しつけ》はきちんとされているらしい。だが、望は智哉くらいの年齢の子供と触れあった経験がないので、正直どうすればいいのかチンプンカンプンで、とりあえずリビングに落ち着かせた。

時刻は午後二時半。面接の時に会ったのと同じ時間だ。

その時に、おやつの時間だという話になったのを思い出した。

あの時、貴臣はおやつをしまっているらしい箱を開けて、その中の物を食べさせようとしていた。

その箱はこの前と同じ場所に置いてあるのだが、勝手に自分がそれを智哉に与えていいものかどうか分からなかった。

——この前作った時はOKだったから、アレルギーとかは大丈夫だろうし……。

そう踏んで、望は智哉に聞いた。

「おやつ、この前みたいにパンケーキ作ったら食べる？」

望の言葉に、ソファーにちょこんと座った智哉は、どうしていいのか分からないような顔をしていたが、ややしてから遠慮がちに聞いた。

「……いいの？」

「嫌いじゃなかったら、作るよ」

望の言葉に、智哉は小さく頷く。それに微笑みかけて、

「分かった。じゃあ、作ってくるから待っててくれる？」

そう言うと、智哉はまた頷いた。

前回同様にパンケーキを作り——今回は、シチュー用に買ってきた生クリームがあったので、それをホイップして添えた——出した。

待っている間に一度二階に戻ったのか、この前も持っていたクマのぬいぐるみを膝に載せていた智哉はふわぁぁぁ、というような様子で表情を変える。

「どうぞ、食べて」

望が言うと、智哉は添えたフォークを手に取ったが、ハッとした様子でフォークを置いた。

「どうしたの？」

問う望に、智哉は俯《うつむ》いて、

「……おてて、きれい、してない…」

呟くように言った。

「あ、そっか！　外から帰ったら手を洗わなきゃだめだもんね。じゃあ、洗いに行こうか」

望の言葉に智哉は頷くと、ソファーからずり降りるようにして洗面所へと向かう。

共有スペースなどを含めた部屋の案内は、前回の面接時に眞人にさらりと案内されていたので大体分かっている。洗面所は脱衣所と埋め込み式の引き戸で区切ることができるようになっているらしいのだが、基本的にはフルオープンだと言っていた。

その理由が、今日ははっきり分かる。

脱衣所には洗濯物の山ができており、洗面スペースにまで侵食してきていて、区切ることが不可能なのだ。かろうじて動線は保たれているが、とりあえず問題箇所の一つだ。

洗面台の横には階段状になった子供用のふみ台があり、智哉はそれを自分で出して丁寧に手を洗う。

——ほんと、ちゃんと躾されてるって感じ……。

手を洗い終えた智哉にタオルを渡してやりながら、自分がこれくらいの年齢の時は、よく祖母に怒られたなどと思う。

手を洗い終えた智哉とリビングに戻ると、ようやくおやつタイムだ。

智哉が食べ始めたのを見てから、望は「夕ご飯の準備をしなきゃいけないから、台所にいるね」と伝え、台所に戻った。

それから一時間ほどした頃、また玄関ドアの開く音が聞こえた。

——あ、さっき智哉くんが帰ってきてから施錠するの忘れてた！

慌てて玄関に行くと、貴臣が靴を脱いでいるところだった。

「あ……篠沢さん」

「ただいま。わざわざ出迎えに来てくれたのかな」

笑いながら言う貴臣は、やはりフェロモンが垂れ流しで、ため息ものだ。女子なら、多分脳内で絶叫しているだろう。

「いえ、玄関の施錠をするように言われてたのに忘れてたので……急いで見に」

「ああ、開いてたね」

「やっぱり……」

「そんなにヘコまなくて大丈夫だよ。今日来たばかりなんだし。……智哉は戻ってる？」

慰める言葉の後、貴臣は父親らしく智哉の所在を聞いた。

「はい、リビングに」

貴臣はそれを聞いてリビングに向かい、望もそれに続いた。リビングのソファーでは、綺麗にパンケーキを完食した智哉が、絵本を開いて読んでいた。貴臣の姿を見ると、ほっとしたような顔をする。

「ぱぱ」

「ただいま。いい子にしてたみたいだな。えらい、えらい」

貴臣の表情はすっかり父親の顔で、同じ笑顔でもさっきのフェロモン垂れ流しとは違って見える。

「…ぱんけーき、おやつ、してくれたの」

智哉が望を指差し、伝える。

「わざわざ？」

貴臣は望を振り返る。それに望はいそいで、

「勝手におやつの箱を開けていいかどうかわからなくて、この前、パンケーキを出しても大丈夫だったので、それが無難かなと思って……」

「ありがとう。手作りの物なんて滅多に食べさせてあげられないから、嬉しいよ。でも、手を煩《わずら》わせて悪かったね」

「食事の準備は仕事だし、作るのは好きですから……。智哉くん、食物アレルギーとかありますか？智哉くんだけじゃなくて、篠沢さんも」

望の問いに貴臣は頭を横に振った。

「いや、僕も智哉もアレルギーはないけど、ただ智哉は人参とピーマンが嫌いかな。それから、食が細いのもちょっと悩みでね。パンケーキ、どのくらいのサイズを食べた？」

貴臣が問うと、智哉は手で、このくらい、と丸を作る。示されたサイズは直径十センチほどで、確かにそれくらいのサイズだった。

「思ったより小さいから、それなら夕食もちゃんと食べられるかな」

「……直径はそれくらいなんですけど、ちょっと厚みがあって……」

望はそっと言葉を添える。

「……ホットケーキのパッケージ写真になっちゃうくらいの厚さ？」

聞いてくる貴臣に、

「それよりもう少しあったかと。あ、でも大半はメレンゲで、小麦粉の量はそんなに多くないから、大きさに比べると食べた量はさほどでもないかと……」

望は説明を付け加える。前回は手動での泡だてだったし、時間もあまりかけられなかったので思ったようなメレンゲが作れなかったが、今回はハンドミキサーを使ったので簡単にできたのだ。

「そうなんだ？　ていうか、あの写真より厚みがあるパンケーキか……一度、食べてみたいな」

「じゃあ、今度、篠沢さんの分も作ります」

流れで言うと、貴臣は、

「楽しみにしてるよ。夕食も楽しみなんだけど、メニューは？　さっきからいい匂いがしてる」

「今日は、店で出してたメニューで、織原さんが好きだったものを中心に作ってます。この匂いはカレイの煮つけですね」

「カレイの煮つけか……。夕食が本当に楽しみだな」

乙女ゲームか何かなら、間違いなくキラキラエフェクトが飛び交うだろう笑顔を放ってくる。

――イケメンって、ホント凄い……。

純粋に感心して、望は智哉が食べ終えたパンケーキの皿を手に台所に戻った。

◇◆◇

眞人が五時半に戻り、六時過ぎには元彦も帰ってきた。

ちょうど時間もいいし、食事の準備も整っていたので、すぐに食事をすることになったのだが、綺麗に片付けられたダイニングテーブルに並んだ料理を見て、全員が感嘆の声をあげた。

「ちょ、何、なんかの祝いの席?」

そう言ったのは元彦で、

「どれも僕の好きなものばかりですね」

と、笑顔なのは眞人だ。

「この家で、こんなにまともな食事が出るなんて……」

ため息交じりに言った貴臣の隣で、智哉は背伸びをして一生懸命机の上を見ようとしている。

「突っ立って見ていても仕方ありませんから、食べましょう」

眞人が言い、全員がそれぞれ席につく。この日のメニューは、カレイの煮つけに、肉じゃが、ニラ饅頭《まんじゅう》、大根のサラダ、味噌汁、漬けもの、それから冷蔵庫にはデザートの甘露梅《かんろうめ》の寒天がある。

「うっわ! これ、うっめぇ!」

肉じゃがを口にするなり言ったのは元彦だ。

「そうでしょう? 店の人気メニューでしたから。……ああ、やっぱりこの味が一番ですね」

魚の煮つけを口に運んだ眞人も言い、

「お味噌汁も凄くおいしいよ。出汁《だし》がちゃんとしてるって感じで」

味噌汁をまず口にした貴臣がそう言い、その隣の子供用の椅子でやはりクマのぬいぐるみを膝の上に載せた智哉は、ニラ饅頭を一口かじって、

「おいしい……」

控え目な小さな声で告げた。

彼らの言葉に望は安堵して、ようやく自分の皿に手をつける。食事をしながら、望は質問を受けた。和食以外にも作れるのか、作れるのなら具体的にどんなものか、というう料理についてのものだ。

「本格的な洋食ってなると自信はないですけど、一般的な家庭料理の範疇《はんちゅう》なら一通りは作れます」

「昼の定食にたまにドリアもありましたね。いつも売りきれで、僕は食べたことなかったですけど」

望の答えに眞人が思い出したように言う。

「あー……、ドリアとかグラタンは、おやっさんが食べたいっていう時がたまにあったんで、ホワイトソースを多めに作っといて、次の日に限定五食とかで出してただけなんで……」

貞七は洋食もよく食べた。店が休みの日にはピザをわざわざ買いに行ったりして、二人でテレビを見ながら食べたものだ。

「じゃあ、今度作ってください。一度食べてみたかったんです」

「分かりました。じゃあ、眞人さんが食べたい気分の時に作ります」

その返事に眞人は満足げに微笑んだ後、貴臣と元彦を見た。

「僕個人としては、彼のこういう料理が毎日食べられるなら何の不満もないんですけど？」

二人はどうか、と言外に含めた言葉に、最初に口を開いたのは貴臣だった。

「僕も不満はないよ。智哉に毎日ちゃんとした物を食べさせてあげられるのはありがたいからね」

カレイの煮つけをフォークで口に運ぶ智哉を見た後、思い出したように聞いてきた。

「あ、そうだ。お弁当もお願いできるのかな」

「お弁当ですか？」

「うん。幼稚園は、火曜と金曜の週に二回、お弁当を持っていく日なんだ。それをお願いできたらと思って。もちろん、その分は別に支払うよ。今はコンビニの総菜を詰め直したりして、何とか体裁は保ってるんだけど……」

「凝ったキャラ弁とか、そういうのは無理ですけど、普通の感じのでよかったら」

「ありがとう、助かるよ」

安堵した様子を見せる貴臣は父親の顔で、智哉に「幼稚園のお弁当、お兄ちゃんが作ってくれるって」と伝える。智哉は望を見ると、口の中にご飯を入れたままでぺこりと頭を下げた。

それに可愛いと思っていると、

「俺も料理の味に関しては何の不満もねぇよ。けど、仕事で帰りが遅くなることも多いし、付き合いで食って帰る日もわりとあるから、月額いくらって感じで取られるとちょっとな」

割りに合わないと伝えてきた。確かにそれはそうだろう。

ただお金の話が出たのに、望は今日眞人から預かったお金のことを思い出し、ちょっとすみません、と中座して、台所に置いたままのカバンから財布を取ってきた。

「織原さん、これ今日預かったお金の残りと、それからレシートです」

「ああ、はい」

眞人はざっと残金とレシートに記載された物を確認した後、

「……そうですね、確かお店では昼の定食は千円でしたよね？」

不意に望に確認してきて、望は頷いた。

「じゃあ、元彦は食べた食事ごとに千円払えばいいんじゃないですか？」

眞人の言葉に望は慌てた。

「それだと、取り過ぎになります」

店での値段は当然だが、利益を上乗せした値段だ。今日の夕食も調味料は別にしてだが、材料費を人数で割れば一人当たりはそんなにしないのだ。だが、元彦は、

「いや、それでかまわねぇ。計算しやすいからな。……それとは別に、酒の肴とかも頼めんのか？」

簡単に承諾した後、付けたして聞いてきた。

「急にお刺身を、とか言われると仕入れの関係でちょっと難しいですけど、そういう生物以外なら対応できるようにしておきましょうか？」

という望の言葉に、

「そうですね、晩酌が習慣ですし、あればありがたいですね。……保存性の高い物で幾つか準備してもらって、メニューにしてもらえますか？　必要な時に注文できる感じで。料金はお店で出していた値段に準じてもらえば」

眞人が言えば、

「いいね。出来合いのつまみってどうしても塩分が気になるから」

貴臣も乗り気で、元彦も不満はなさそうだ。

「じゃあ、そういう感じでいいですか？　それで双方に不満が出るようなら、また考えるってことで」

確認するように眞人が望を見る。料理に関しては全く苦にならないので望としては何も問題ないので頷くが、正直、もともとの雇ってもらう条件が良すぎるので、逆にいいのかなと思うくらいだ。

「とりあえず合意を得たということで、明日からいろいろお願いしますね」

眞人は言った後、

「それから、僕のことは下の名前で呼んでください。名字で呼ばれるとむず痒《がゆ》いので。僕も下の名前で呼ばせてもらいますし」

さらりと言った。

「あ、じゃあ僕もそうしてもらおう。……えっと、槙田…望くんで良かったたっけ？」

「はい」

同意してくる貴臣に頷くと、貴臣は智哉に「望お兄ちゃんだよ」と教える。

「ののみおにいちゃん」

舌がうまく回らないのか「ぞ」が言えない幼さが可愛い。

「じゃあ、俺もそれで」

元彦も乗っかってきて、眞人主導でいろいろなことを決めつつ夕食は和《なご》やかに進んだのだった。

夕食が終わり、シェアハウスの住人はリビングへと場所を移した。望は後片付けと、明日の仕込みなどがあるので台所に残ったが、出した食事は完食されていたので気持ちよく片付けができた。

どうしても口に合わない物があったり、体調によっては残される物が出るのは仕方がないことは分かっているのだが、店で働いていた時でも、残されるとやはり気になった。

洗い物を終えた頃、眞人が台所にきて、酒のつまみに夕食にも出した漬けものを切ってもらえないかと言うので、ぬか床からきゅうりと人参を抜いて切る。

「三人分ですか？」

切りながら問うと、

「最終的にはそうなると思いますけど、貴臣は智哉くんとお風呂に行ったので、とりあえず二人分で」

眞人は返しながら、もともと買い置きしてあったチーズなどをトレイの上に載せる。

「晩酌のつまみって、大体どの程度の量を準備しておけばいいですか？」

「僕と貴臣は、大体二、三品くらいですね。元彦は出せば何でも食べますし、足りなければ塩とか味噌で飲むでしょうから、あまり気にしなくていいですよ」

さらりと眞人は言うが、元彦はかなりの酒豪ということだろう。

切った漬けものを皿に盛りつけ、眞人の準備したトレイに載せた時、

「智哉が上がるから、誰か来て」

風呂場の方から貴臣の声が聞こえた。

「あ、俺が行ってきます」

自己申告し、つまみを運ぶのは眞人に任せて、望は風呂場に向かった。

「お待たせしました」

脱衣所から声をかけると、風呂場のドアが開き、智哉が出てきた。その後ろには貴臣がいて、

「望くんが来てくれたのか」

望の姿に笑顔を見せる。

が、望は固まっていた。

風呂に入っていたのだから、智哉も、そして貴臣も裸だ。

そして、貴臣は腰にタオルもなにも巻いておらず、貴臣の貴臣がモロ見えだった。

――デカ……！

通常時なのに、かなりの大きさだった。貴臣は望と比べれば背も随分《ずいぶん》と高いので、自分よりも大きいというのは理解できるが、体格差だけでは片づけられないサイズだ。

だが、固まっている望に貴臣は気付かず、

「そこに智哉の着替えが置いてあるから、着替えさせて髪を乾かしてあげてくれるかな。その後、二階の部屋に連れて行ってくれたら、後は一人で大人しく待ってるから」

と、手順を伝えてくる。それに望が「分かりました」と返すと、

「じゃあ、頼むね」

貴臣はさわやかな笑顔で言い、風呂場のドアを閉める。

――通常時であれって、臨戦態勢の時ってどうなるわけ？

正直未知の領域だ。その未知の領域にうろたえていると、智哉がそっと望の服の裾を引っ張った。

それにはっとして、

「じゃあ、パジャマ着ようか。その前に体拭かなきゃね」

望は、洗濯済みで積み上げてある洗濯物の中からバスタオルを手に取り、智哉の細く小さな体を包みこんで拭いていく。

脱衣所には、洗濯済みの物と、洗濯する物が別の山にされて分類されている。洗濯機は乾燥機能までついているものなので、誰かが洗濯をした後、床に中身を放り出し、自分の物や必要な物だけをその山の中から抜き取っているのだろう。

——明日はここを片付けよう……。

決意しつつ望は髪を乾かした智哉を部屋へと連れて行った。部屋に連れて行きさえすればいいと言われていたので、「パパが戻ってくるまで待っててね」と声をかけ、望は台所に戻った。

時折脳裏に先ほどの衝撃的なモノがちらついたが、明日の仕込み作業をするうちに消えた。

「明日の朝と昼はこれでヨシ、買い足す物も、これでＯＫ」

仕込みを終えた品を冷蔵庫に戻し、買い足す商品を書いたメモを確認してから、台所の電気を消し、眞人と元彦のいるリビングに、部屋に引きあげる旨の挨拶をしに向かった。

「失礼します」

一応声をかけてリビングに入った望は、この日、二度目のフリーズを起こした。

リビングには大画面のテレビがあるのだが、その画面に映し出されているのは見目麗しい女性が全裸でアンアン言いながら致されている光景だったからだ。

平たくいえば、ＡＶである。画面を見て茫然《ぼうぜん》としている望に、眞人が声をかけた。

「どうしました？」

「え…、あ、一応台所の仕事が終わったので…部屋に戻ろうかと思って」

「お疲れ様。ああ、そうそう、明日からの食費を改めて渡しておこうと思うんですが」

眞人はそう言って財布を取り出す。テレビでは相変わらず女性がアンアン言っていて、凄い状態なのだが、眞人は平然としているし、元彦も大して面白い様子もなさげに流し見状態で酒を飲んでいた。

「一週間分、先渡ししておきますね。今日のレシートから大体の金額を推定した分を入れてありますけれど、足りなくなったら言ってください」

ＢＧＭになっている女性の喘《あえ》ぎはますますひどいものになっているのに、眞人は平然としている。

「わかり、ました」

「……何か、他にありますか？」

望が微妙な表情をしているのに気付いて、眞人が問う。それに望は思い切って聞いた。

「あの、ＡＶって、こんな風にオープンな感じで見るもんなんですか？」

普通は違うと思う。

レンタルしてきたとしても、こっそり部屋で見て役立てる物だというのが望の認識だ。

もちろん、学生の頃は仲間内の誰かの兄弟のコレクションをみんなで集まって一緒に見たりしたこともある。だが、それはおいそれと自分たちでは手にできない物だからという理由で、普通にレンタルできる年齢に達すれば、一人で借りてきて一人で見る、というのが普通だと思って生きてきた。

そんな望の疑問に対する答えは、元彦が出した。

「仕事の資料だからな」

「は？」

正直、意味が分からなかった。

キョトンとした望に、追い打ちをかけるように元彦は続けた。

「ＡＶ男優だから、俺」

3

「貞七」にはいろいろな客がいた。

元プロボウラーだという客もいたし、インドのマハラジャに気に入られて宮殿に食客《しょっかく》として滞在したことがあるという剣道師範もいた。だからいろいろな職業の人物がいることは、よく知っている。が、AV男優だとカミングアウトされて、ああそうですかとさらりと流したり、気の利いた返しをできるほどの器は望にはなく、とりあえず茫然としていた。

「まさかのノーリアクションとか。驚かれること、結構多いんだけどな」

「驚きすぎてるんじゃないですか？」

元彦と眞人が望を見ながら言う。

「……えーぶいだんゆう、さん…ですか」

自分の声が遠いな、と望は思いつつ、視線を眞人へと向けた。

「僕は…」

「あ、木原《きはら》ユメカちゃんだね。元彦くん、仕事したんだ？」

眞人が言いかけた時、パジャマに着替えた貴臣がリビングにやってきた。

声を聞いただけで、さっき風呂場で見てしまったナニが脳裏に蘇《よみがえ》り、望はますます挙動不審になる。

「いや、明日の現場で初めて組む」

元彦の返事を聞きながら、彼の隣に腰を下ろす。どうやら定位置のようで、テーブルには貴臣の分のグラスが置かれていた。

「望くん、さっきはありがとう」

「ひゃいっ？」

不意に礼を言われたのと、まだまだ茫然の最中の望は素《す》っ頓狂《とんきょう》な声になった。

「智哉のこと」

風呂上がりの世話のことを言っているらしい。

「あ、いえ……。智哉くんは？」

「今、寝かしつけてきた。今頃は夢の中で一寸法師のお椀《わん》で旅をしてるんじゃないかな」

その言葉で、絵本の読み聞かせの途中で寝たらしいことが分かる。

「今、詳しい自己紹介が始まりかけてたところです。…望くん、とりあえず座りませんか？」

眞人が貴臣にさりげなく流れを説明した後、望に促す。

望は、はぁ、と茫然をまだ残した返事をしつつ、眞人の隣に腰を下ろした。

「えーっと、詳しい自己紹介って？」

「ああ、今、俺がAV男優だって話をしてた」

貴臣の問いに軽く答えたのは元彦だ。

「そうなんだ。元彦くんは、売れっ子だよ。業界で十指に入るね」

貴臣がさりげなく付けたした情報に、元彦は肩を竦《すく》めた。

「五年近いブランクで、復帰早々引く手あまたのお前に言われても、嫌味にしか聞こえねえけどな」

「……ってことは、貴臣さんも、ですか」

元彦の言葉から導き出された回答を、望がおそるおそる確認すると、貴臣はあっさりと頷いた。

「うん、そう」

あまりにあっけらかんと認められて、望はどう反応していいか分からない。住人の成人三人のうち二人がAV男優となると、最後の一人もそうなのだろうかと、自然、望の視線は眞人へと向いた。

「僕は男優ですけど、AVじゃありませんよ」

眞人はその流れを読んでいたのか、望が問わずともそう言ってAV男優は否定した。

「寂しい女性たちの脳内彼氏って奴だよな」

からかうように元彦が言ったが、まったくもって意味が分からなかった。

「脳内彼氏……」

「女性向けのイメージDVDって言えばいいんでしょうかね。おうちデート編とか、遊園地デート編とか、画面の向こうの女性が僕と一緒にいる気分になれるようなシリーズを出したりしてます」

「熱狂的なファンが多いよね。握手会とか、抽選倍率が凄いんだよ」

説明を添えた貴臣に続き、

「マコ様、本気で愛してます！　みたいなのがマジで超いっぱい」

裏声でファンの真似をした元彦に、眞人は「気持ち悪いです」とばっさり切り捨てる。

「……つまり、みなさん、芸能人さん、なんですね」

物凄く遠い人のように思えてきたが、三人ともそれぞれに趣がまったく違うとはいえ、スタイルもいいし、顔立ちも整っているので、納得と言えば納得だ。

「で、今、見てるのは俺が明日初めて組む女優の作品」

流れっぱなしになっていたＡＶに軽く視線をやり、元彦が説明を始めた。

「基本的にＡＶは台本が当日渡しで、誰と組むのかもその時に初めて分かる感じなんだけど、俺は初めて組む相手の場合はできる限り事前に教えてもらって、女優の売りどころとか確認してる」

「そのため、なんですね」

「そういうこと。大体、毎晩、今みてぇに事前確認のためだったり、誰かの新作が出たら、動きのチェックと映りの確認のためにここで見てる。眞人なんかは事前に渡された台本のチェックとかな」

元彦の説明に貴臣と眞人も頷いた。

「そうでしたか……」

衝撃的な事実の連続に、望の頭はまだ半分くらい再起動ができないでいたが、あることに気付いた。

「貴臣さんは、智哉くんのお父さん、ですよね？」

「うん、そうだよ」

「じゃあ、結婚して……？」

望の問いに貴臣は苦笑した。

「『してた』っていうのが正しいけどね」

「結婚引退したんだよな、一度」

からかうように元彦が言う。

「そういう言い方すると、結婚が決まったから業界から一度足を洗ったみたいじゃないか。……僕、わりと結婚願望が昔から強い方でね。ＡＶの仕事は好きだったんだけど、大学時代の友達が病気で入院して、お見舞いに行った時に奥さんとか子供とかの様子見てて家族の温かさみたいのを感じて、家庭を持ちたいって思ったんだよね。でも、こういう業界ってちょっと結婚相手としては敬遠されるところがあるから、一度引退して、知り合いのツテで普通のサラリーマンをしてた。その時に、一般の女性って言ったら変だけど、まあ出会って、普通に恋愛して、子供ができて、結婚したんだよね」

「サラッと順番が入れ違ってますけどね」

子供ができてからの結婚だというあたりを容赦なく眞人が突っ込むが、もはや突っ込まれ慣れているのか貴臣はただ笑っただけだ。

「それで、智哉が生まれて、いろいろあって、半年前に離婚してこっちに戻ってきたってとこ?」

「だから結婚とかまだ早いって、最初の引退の時に止めてやったのに、俺様の忠告を無視するからだ」

元彦が笑いながら言った。

「しょうがないよ。あの時は本当に『温かい家庭』への憧れが強くて、どうしようもなかったから」

「そんで、終電で帰ることもザラの薄給サラリーマン生活を送って、忙殺《ぼうさつ》されてる間に嫁さんには速攻で浮気されて離婚だからな」

「よくある話すぎて、酒のつまみにもなりませんでしたね」

しれっと言う眞人に、手厳しいなあ、などと言いながらも貴臣は笑っている。

深刻な空気にはしたくないというのは分かったが、望はどう反応していいか分からなかった。

「まあ、そんなわけで、AVはいろいろ揃ってる。そこの棚の中と、あと地下にもいろいろあるから、勝手に持ってって使ってかまわねぇから。まあ、俺やこいつが男優で出てるのがほとんどだから、萎えるかもしんねぇけどな」

「……はあ、ありがとうございます」

そう言った後、望はふっと元彦の言葉の中に含まれていたキーワードに気付いた。

「地下？」

聞き直した望に、眞人は頷いた。

「望くんの部屋の前の壁に、引き戸があるでしょう？」

言われて、望は首を傾げた。正直来たばかりでまだ家全体のことは把握できていないのだが、引き戸の向こうが階段になっていて地下に続いているらしい。元はただの倉庫だったそうだが、リフォームの際に一部をシアタールームに改装し、後の二部屋は物置になっている。普段は智哉が一人で留守番をすることもあるので、危なくないように引き戸をつけて施錠をしているということだった。

「シアタールームがあるのに、どうして使わないんですか？」

当然、そこが疑問で望は聞いた。この手の物を見るのは智哉が寝てからだと思うが、夜中に起きてこないとも限らないとも思う。

「前はそうしてたんだけど、テレビが壊れちまったんだよ。修理とか買い替えとかも考えたんだけど、修理人や配送設置を頼むのもためらわれる惨状でな。そんで、とりあえずここでいいかって感じ」

悪びれた様子もなく、元彦が説明する。貴臣と眞人も「仕方ない」的な様子であるのに、

「そうですか……」

と返すしか望にはなかった。

「とりあえず、皆さんのお仕事とかは、理解しました。えーっと…この後、まだ何か用事ありますか？」

長居をして一緒にAVを見ることはためらわれたので、望はその場を離れるべく問う。

「いえ、僕は別に……。あ、貴臣に漬けものを出してあげてください」

「分かりました。他には何か？」

貴臣と元彦を見ると二人とも首を横に振ったので、望は一度台所に戻り、切り分けて冷蔵庫にしまっておいた貴臣の分の漬けものをリビングに運ぶと、じゃあ失礼します、とリビングを出る。

その望に、先にお風呂を済ませてしまってください、と眞人の声が追い掛けてきて、はい、と返事をしつつ、まずは部屋に戻った。

部屋に戻り、ベッドに腰を下ろした望は、はぁ……、と大きくため息をついた。

「まさか、ＡＶ男優の巣窟だとは思わなかった……」

眞人は違うらしいが、三分の二がＡＶ男優なら巣窟と言ってもいいだろう。

「いやいや、性格はいい人たちっぽいし！　ご飯もおいしいって言ってくれたし！」

多少衝撃的な事実ではあったが、一緒に生活をするのに不都合があるわけではない。

「うん、俺は俺の仕事をするだけ」

自分に言い聞かせるように言い、望は風呂を済ませるべく着替えの準備を始めた。

◇◆◇

翌朝、望は台所で朝食の準備をしていた。

みんなが何時頃に起きてくるのか聞くのを失念していたが、七時頃に食べられるようになっていればいいか、と算段をつけて、それに間にあうように準備を済ませる。

昨夜の内に仕込みを済ませていたので、準備はすぐに整い、先に朝食を取った。

そして食べ終えた食器を流しに運んだところで、足音が台所に近づいてきた。

「望くん、おはよう。凄くいい匂いがしてるね」

パジャマ姿の貴臣と、智哉だった。

「おはようございます、貴臣さん、それから智哉くん」

挨拶をすると、クマのぬいぐるみを片手に抱いた智哉は恥ずかしそうに貴臣の後ろに半分隠れて「おはよ、ございます」と、小さな声で挨拶をしてくる。

「智哉がいい匂いがするって僕を起こしてね。もしかして、朝ご飯が食べられるのかな」

「はい。どうぞ座ってください。すぐ準備しますから」

望は味噌汁を温め直し、玉子を焼き始める。それ以外には漬けものと、オクラの胡麻和《ごまあ》えという簡単な物で、特別な料理は何もないのだが、それらを揃えて出すと、貴臣は感動したように息を吐いた。

「なんか…夢みたいだ」

「大袈裟《おおげさ》ですよ、超簡単な物ばっかりなのに」

焼き魚をここにつけることも考えたが、焼き立てを食べてほしいし、その場合顔を見てからでは焼き上がりまで待たせることになるのでやめた。

「いや、なんていうかこんなに朝ご飯っぽいのをちゃんと食べられるのって、旅行に行った時くらいしかないから……凄い嬉しい。いただきます」

貴臣に続いて、智哉も手を合わせて「いたぁきます」と言うと食べ始める。

「昨夜も思ったけど、おみそ汁おいしいね」

「ありがとうございます。出汁も味噌も、いろんなのを調合してあるんですよ」

味噌汁は、店でも評判だった。貞七が研究しつくした物を、あっさりと望に惜しげもなく教えてくれたのが嬉しかったのを思い出す。

「ぱぱ、たまご、おいし……」

控え目に智哉も伝える。

「朝からおいしい物が食べられて嬉しいね」

貴臣は笑顔で智哉に返し、智哉は頷いた。

「これからも、こんな風に朝ご飯を食べられるのかな」

食べながら貴臣が問う。

「今みたいな簡単なのでよければ、一応準備するつもりです。パンの方がよければ明日からその準備もしておきますけど……」

「僕は何でもいいかな。パンの時はどんなおかずになるのか興味はあるけど……こういう朝ご飯が準備されてるってだけで、もう本当に嬉しい」

望にとってみればごく普通の朝食なので、喜び方がいちいち大袈裟な感じなのだが、半分くらい本気だとしたら、これまではどんな朝食だったのかと疑問になった。それで、聞いてみると、朝は智哉を幼稚園に連れて行く途中のコンビニでパンを買い、駐車場の車の中でそれを食べていたらしい。

「手軽だし、不自由は感じてなかったけど、こういうのを準備されてると満たされ方が違うんだよね」

朝から見るには眩《まぶ》しすぎるフェロモン垂れ流しスマイルに、

「喜んでもらえて何よりです」

無難な言葉をひねりだすのがやっとだった。

朝食を食べ終えた二人は、洗面と智哉の登園準備のためにダイニングを後にした。二人の食器を流しに運び、それらを洗い終えたところで台所にやって来たのは眞人だ。

眞人も朝食があることに感動した様子で、そのままテーブルに座って朝食を取り始める。

そして眞人が食べ終える頃、登園準備を整えた智哉が貴臣と一緒にダイニングに姿を見せた。

「おはようございます、智哉くん、それから貴臣も」

「おはよう、眞人くん。智哉、おはようございますは？」

促された智哉はやはり貴臣の後ろに半分隠れるようにして「おはよ、ございます」と頭を下げる。

その様子に微笑ましそうに目を細めた眞人に、

「眞人くん、今日の仕事って何時から？」

貴臣は仕事の予定を聞いた。

「十二時ですから、十一時過ぎにはここを出ますね」

「あー…じゃあちょっと難しいか。今日はお弁当のない日だから、昼に迎えに行かなきゃいけないんだけど、僕、智哉を送ったらそのまま現場で、時間的に中抜けが厳しそうで……」

「元彦に早めに起きて行ってくれと頼むのも酷ですしね。じゃあ、僕が仕事の入りを三十分遅らせてもらえるように連絡しますよ。お迎えは十一時半からでしたよね？」

「うん、頼んでいいかな。一時預かりはいつものところに連絡しておくから、そのままそっちに」

智哉を迎えに行く時間のすり合わせをする二人に望は声をかけた。

「あの、俺でよかったら行きますけど」

「え…でも、家のこと忙しいよね？」

思いがけない申し出だったのか、貴臣は少し驚いたような顔をした。

「夕食の買い物に出なきゃいけませんし…幼稚園のお迎えの帰りにそれを一緒に済ませちゃえばいいだけですから。それに、仕事の予定を遅らせたりするの、よくないですよ」

望の言葉に納得したのは眞人の方が早かった。

「そう言ってくれるのなら、お任せしましょうか。そのまま、一緒に家に戻ってくれますか？　いつもはこういう時、別の一時預かりにお願いしてたんですけれど」

「分かりました」

望の返事に、眞人は「助かります。ね？」と、貴臣に同意を促し、その流れで望に依頼した。

「ごめんね、じゃあお願いできるかな」

「分かりました。えっと、十一時半に行けばいいんですか？」

「十一時半から十二時半までの間ってことになってるんだけど、できたら十二時までには。それから、生年月日を聞いてもいいかな？　迎えに行く人は登録しなきゃいけなくて……」

言われて生年月日を伝えると、貴臣は驚いた顔をした。

「え、もう二十五歳なんだ？　もっと若いかと思ってた」

「俺、背が小さいから、よく言われます」

多少、若く見られがちではあったが、理由は大体、そこだと思う。

「いや、そうじゃなくて……だって僕が二十五歳の時って」

「もっとスレてましたよね。たった七年で人って変わるものですね」

眞人が笑いながら言う。

「そういう眞人くんは、もっと初々しかったけどね？」

「僕だってもう今年で三十ですから。……そろそろ出かけた方がいいんじゃないですか？」

時計をちらりと見やって、眞人は言う。

「ああ、そうだね。じゃあ智哉行こうか。望くん、お迎えよろしくね」

「はい、分かりました。智哉くん、行ってらっしゃい。お昼に迎えに行くね」

出かける二人を玄関まで見送り、台所に戻ってくると、眞人が食べ終えた食器を流しに入れていた。

「すみません、ありがとうございます」

「これくらい、お礼を言われることじゃないですよ。僕が食べた分ですし」

「洗いますから、置いておいてください」

望の言葉に眞人は軽く頷いた後、気遣うように聞いた。

「今のお迎えにしてもそうですけれど、最初に思っていなかった雑用も増えてるんじゃないですか？」

「いえ…別にそんなことはないと。まだ一日経つか経たないかなので分からないですけど、掃除と洗濯は今までの住み込みでもやってましたし、店の時は下ごしらえの数が段違いだから時間との戦いみたいな感じでしたけど、俺の分を入れても五人なら、時間は充分あると思います」

店の時は朝六時にはもう市場で仕入れをしていたし、夜もなんだかんだで寝るのは十二時を回っていた。もちろん、午前と午後に一時間ほど仮眠の時間を取っていたので、睡眠時間はそれで充分でつらいと思ったことはなかった。

昨夜は十一時にはもうベッドの中にいたし、朝も六時に起きればよかったから、体的にキツい感じは今のところない。というか初日にしてキツかったら、この先が思いやられてしまう。

「それならいいんですけれど……。ああ、幼稚園の詳しい場所、聞いてませんよね？」

眞人に言われ、迎えに行くと言ったものの肝心の場所があやふやなのを思い出した。眞人は簡単にメモに地図を書きながら、自転車でなら十五分くらいだと教えてくれた。近くにスーパーもあるらしいが正確な場所は分からないので、他の園児の保護者にでも聞くのが確実だと言われた。

「分かりました。ありがとうございます」

礼を言い、書いてくれた地図をしまうと、望は脱衣所の洗濯物は洗っていると思しき物も含め、もう一度洗い直していいか、とか、部屋の片付けはどういう感じにすればいいのか、などを確認した。

「じゃあ、お願いしますね」

眞人は自室に引きあげて行き、望は本日一度目の洗濯を始めた。洗濯機が回っている間にリビングに出しっぱなしの昨夜の酒盛りの残骸を片付けて、ＡＶも回収した。

「無防備にこういうの放置って、やっぱり教育上問題だよなぁ……」

ＡＶを棚にしまいながら考えるが、まずは快適に過ごせるようにするのが先決なのでそのあたりは後回しにすることにした。眞人は三度目の洗濯機の稼働中に仕事に——元彦は昼前まで寝てるだろうから放っておいていいと告げて出て行き、望もそれからしばらくしてから智哉を迎えに出た。

幼稚園でのお迎えは、貴臣が手続きをしてくれていたので簡単な確認だけで済んだ。先生に手を引かれて下駄箱まで出てきた智哉は、やっぱり先生の後ろに少し隠れて望を見ていたが、

「智哉くん、迎えに来たよ。帰ろっか」

声をかけると、小さく頷いて近づいてきた。

「智哉くん、また明日ね。さようなら」

先生の言葉に、智哉は小さく頭を下げて「さよなら」と、か細い声で返す。

——大人しい子だよなぁ……。

他の園児が迎えの母親にじゃれついて騒いでいる様とは全く違って——当然、智哉にしてみれば望はまだ見慣れない大人でしかないだろうが、家にいても大人しすぎるほどなので、少し違和感がある。

「帰りにスーパーによって帰ろうね」

靴を履き替えるのを手伝ってやりながら声をかけていると、

「あら、智哉くん。今日はまた違うお兄ちゃんがお迎えに来てるのね」

他の園児の母親が声をかけてきた。それに望は会釈をすると簡単に自己紹介をする。

「はじめまして、槙田と言います。昨日から、智哉くんのおうちにお世話になってるんです」

「あら、そうなんですね。北詰祐斗《きたづめゆうと》の母です。祐斗、こんにちはって」

母親はそう言って連れている園児に促す。やんちゃそうな園児は智哉よりも一回り大きな子だった。

というか、智哉が小さいのだ。智哉が出てきた教室は同じ年齢の子供が集まっていると思うのだが、その中でも智哉は一番小さいと言うわけではないが、小さいほうから数えた方が完全に早い。

無論月齢によっての差が大きな年齢ではあるとは思うが、小さい。

「こんにちは！」

元気に返事をしてくる祐斗に「こんにちは」と返した後、あることを思い出し、母親に聞いてみた。

「あの、この近くにスーパーがあるって聞いたんですけど、どのあたりですか？　帰りに買い物をしようと思うんですけど、正確な場所が分からなくて」

「私も帰りに寄ろうと思っていたので、よかったら一緒に。でも、お車かしら？　私、自転車で」

「あ、俺も自転車ですから」

「じゃあ、良かった。今からだと十二時からのタイムセールにちょうどなんですよ。行きましょう！」

彼女はそういうと祐斗を連れて先に歩いて行く。その後を望は智哉と手を繋いで追った。

望の自転車は貞七で荷物の運搬に使っていたものだ。そのため子供を載せても耐荷重的に問題はないのだが、荷台にそのまま智哉を座らせるのは危ないかもしれないという話になり、眞人がホームセンターの開店を待って仕事に出かける前に子供用のシートとヘルメットを買って来てくれた。

今後も望が智哉を迎えに行くのなら、どうせ必要になるからだ。

古い自転車に取りつけられた真新しいシートを智哉はどこか不思議そうな顔で見ていたが、大人しくヘルメットをかぶり、後ろのシートに座ってくれた。

これまでの送り迎えは車だったため、変化に抵抗のある子供なら嫌がるかもしれないと思っていたので、望はほっとした。

スーパーは自転車で五分ほどの距離だった。お迎えついでに立ち寄る母親が多く、店内は同じ幼稚園のカバンを持った園児連れが多くいた。

北詰親子とはスーパーの入り口で別れ、望は智哉と一緒に買い物を始めた。初めて来るスーパーは品揃えが良く分からないので、店員に商品の場所を聞いたりしつつ、目当ての物を買いそろえながら、

「智哉くん、お昼ご飯、何を食べたい？」

リクエストを聞いてみるが、智哉が遠慮がちに口にしたのは、「なんでも」という返事だ。

「なんでも、かぁ…。あ、おやつどうする？　来る時におやつの箱を見たんだけど、空っぽになってたから、何か買って帰ろうか」

リビングの片づけをした時に、明らかに子供向けのおやつの残骸があったので、恐らく昨日の酒盛りで元彦の犠牲になったのだろう。

だが、智哉はやっぱり「なんでも……」としか返さないので、

「じゃあ、お昼はオムライスにしよう。ふわっふわの玉子で包んで。おやつはプリンを作ろうか」

そう提案してみると頷いたので、もうそれで決めてしまう。

一通りの買い物をして、家に戻ってくると、どうやら元彦は出かけたようで車がなかった。

お迎えと買い物で一時間少しの外出だったが、望が出て行ってから起きてきて、よかったらどうぞと置き手紙をしておいた一通りの朝食セットを食べて出かけたらしく、食器が流しに浸けられていた。

「智哉くん、ここで待っててくれる？　オムライスできたら呼びに来るから」

手洗いの後、リビングのソファーに智哉を座らせ、望は台所に向かう。

できるだけ待たせないように手早く準備をしていたのだが、不意に視線を感じて振り返ると、智哉が台所に来ていて少し離れたところから望を見ていた。

「もうちょっと待っててね。すぐにできるから」

声をかけると、こくりと頷く。何をするでもなく、ただ作っているのを見ているだけの様子なのだが、作っているところが見たいのならもっと近づいてくるだろうし、待つのが退屈なら声をかけてきたりしそうなのだが、そのどちらでもない。大人しい、という言葉でくくるには違うような感じがして気になりながらも、まずは智哉のオムライスを仕上げる。

我ながら、綺麗なできあがりだと思いつつ、それをダイニングテーブルに置いた。

「お待たせしました」

声をかけて、智哉を抱き上げ、子供用いすに座らせる。

「ケチャップで何描く？　お花にする？　お魚にする？」

一応聞いてみたが、返ってきたのは、

「なんでも……」

やっぱりそれだった。

「じゃあ、お魚にしようかなぁ」

望は細いノズルをつけたケチャップで簡単に魚の絵を描く。すると智哉の顔が少し嬉しげになった。

「はい、できあがり。召し上がれ」

スプーンを差し出し持たせると、「いたぁきます」と言って食べ始めた。

「おいしい？」

一口食べて飲み込んだのを見計らって問うと、智哉は頷いた。なんとなくこちらの顔色を窺《うかが》っている感じもしたが、手は次のひと匙《さじ》をすくっていたので、普通に食べてくれる様子だ。

それを見やってから望は自分のオムライスを作り、智哉と一緒に食べた。

食が細いと聞いていたので、智哉の分はかなり小ぶりにしておいたのだが、それでも少し多かったらしく、あと二口ほどを残して食べる手が止まっていた。無理をして食べそうな顔をしていたので、

「智哉くん、もうおなかいっぱいだったら、俺にくれる？　俺、まだおなかすいてるから」

声をかけると、皿を押しやってきた。

「ありがとう」

お礼を言って、智哉が食べ残した分も綺麗に平らげる。二人で「ごちそうさま」をした後、貴臣が帰ってくるまでどうすればいいのだろうかと悩みつつ、一旦智哉をまたリビングに戻して使ったフライパンや食器などを洗う。そして、様子を見にリビングに行くと、智哉の姿がなかった。

「あれ？」

勝手に外に行ってしまったのだろうかと思ったが、玄関の鍵は閉められたままだったし、脱衣所から裏庭の物干し場に出るドアを開けて外を見たが、智哉の姿はない。やや焦りつつ、もしかしたらと二階に行くと、一つの部屋のドアが開いていた。

その部屋の中を覗《のぞ》くと、ベッドに座った智哉がクマのぬいぐるみを膝に載せて絵本を開いていた。

「智哉くん、ここにいたんだね」

声をかけると、弾かれたように絵本から顔を上げ、望を見た。どこか強張《こわば》ったような表情をしていて、勝手に部屋に戻ってきたことをとがめられているとでも思っているような感じだ。

「ここ、智哉くんのお部屋？」

「……ぱぱも」

「そっか、パパと智哉くんのお部屋なんだね」

部屋の中は多少乱雑で、少し気にはなったが、私室に勝手に入って片付けるのはよくないだろう。

「おやつの時間に、迎えに来るね。プリン作るから楽しみにしてて」

そう言って部屋を後にする。廊下や階段の隅に埃がたまっているのが目について、時間があれば後で簡単に掃除機かな、と算段しながら台所に戻った。

◇◆◇

夕方になり、最初に貴臣が帰ってきた。

「ただいま……、凄い洗濯物だね」

リビングにやってきた貴臣は、テーブルの上に畳まれて置かれた洗濯物の山にまず驚いた。

「おかえりなさい。脱衣所に置いてあった物を、とりあえず全部洗い直したんです。床に放置されたままのって、なんだかちょっと微妙な気持ちになるので」

洗濯物を畳む手を止めず、望は説明する。

「大変だっただろう?」

「……下着が異常に多くて、洗っても洗ってもパンツが出てくるのには驚きました」

労ってくれた貴臣に、望は素直に一番感じたことを告げる。一体この家は何人暮らしなんだと思いたくなる数の下着があった。成人男性のパンツだけで、三十枚近くあったと思う。

「あー、仕事柄、パンツはね。大体五枚くらい現場に持って行くから。撮影のたびに違うのを穿くし」

「撮影のたびにっていっても、一日二回も三回も撮影ってわけじゃないでしょう?」

望が首を傾げつつ聞くと、

「え？　二回とか普通だよ？」

逆に驚いて返され、あっけに取られていると、玄関のドアが開く音がして、足音が真っすぐにリビングに近づいてくる。

「ただいま……。凄い洗濯物ですね」

帰ってきたのは眞人で、やはり真っ先に洗濯物に言及した。

「おかえり、眞人くん」

「おかえりなさい、お疲れ様です」

「そうして積んであると壮観ですね」

「パンツの数が多いって驚かれたよ」

苦笑する貴臣に、

「まあ、商売道具ですから仕方ありませんね。貴臣も一日二現場が増えてますし、元彦は三現場ってことも珍しくありませんから」

眞人がさらりと返す。

「……三現場、ですか」

「二人とも売れっ子の男優ですから。AV男優って、人数が少ないんですよ。その少ない人数で回しているので必然的にかけ持ちになりますね」

「セックスしてお金がもらえるなんていい仕事だって思われるかもしれないけど、実際には過酷だから、やめていっちゃう子が多くてね。最初はギャラも安いし、残るのは一握りかなぁ」

「求められたらいつでも勃てろって世界ですからね」

正直、眞人の綺麗系王子様の容姿でシモなことを平然と言われると、反応しづらい。

「えーっと、それで、智哉くんのはこっちにある分で、サイズ的に眞人さんかなって思えるのはこの山です。貴臣さんと元彦さんは、サイズが同じっぽくて区別がつかなかったので一緒にアイテム別に積んであるので、仕分けてもらっていいですか？」

とりあえず、さりげなく話を変え、二人に仕分けを手伝ってもらうことにした。その前に貴臣は、智哉の様子を見に自室に戻ったが、智哉は寝ていたらしくすぐに下りてきた。

「智哉、何時頃から寝ちゃってるか分かる？」

仕分けをしながら貴臣が問う。

「おやつを食べた後、少し一緒にいて…その後二階に戻ったので一時間過ぎてないくらいです」

「じゃあ、後三十分ほどしたら起こそうかな。今寝すぎると、夜に眠れなくなるから」

貴臣の言葉に、望は智哉の幼稚園から帰ってきてからの過ごさせ方について聞くことにした。

「智哉くんなんですけど、家に帰ってきたらどうすればいいですか？」

「どうって？」

「遊び相手をしたほうがいいのかっていうか…、智哉くんくらいの年齢の子と接したことがあまりないので、どうすればいいのか分からなくて」

望の問いに貴臣は少し考えるような顔をして言った。

「そうだなぁ、一人での留守番にも慣れてるっていえば慣れてるから、望くんに負担のない範囲で構ってやってくれると嬉しいかな。時々話しかけたり、くらいでいいから」

「一人に慣れてるって、もしかして今まで、家に送り届けた後ずっと一人で留守番だったんですか？」

智哉は三年保育の年少で、誕生日が来ていれば四歳になっているが、四歳でも一人で昼過ぎから夕方まで留守番というのは問題がある気がした。

「さすがに今日みたいな時は、幼稚園の後、別の一時預かりにお願いしたりしてたよ」

「一時間以内に誰かが確実に戻れる時は、一人で待ってもらうことが多かったですし、大人しい子ですから、僕の現場に同伴したり、ですね。貴臣や元彦の現場には絶対に連れていけませんから」

眞人の言葉に、そりゃそうだろう、と望は胸のうちで突っ込む。

「分かりました。じゃあ、家事をしつつ、時々様子を見ます」

「ごめんね、どんどん仕事を増やしちゃってるね」

「別に、謝られるようなことは何も……。今日も一人で大人しく絵本を見てたりしてくれてたので、世話を見るっていう感じはなかったです」

二度ほど、トイレに行きたい、と言われて手伝ったが、手間というわけではなかった。

「うちにいてくれることに、かなり前向きみたいで嬉しいですね」

眞人が少し笑みを浮かべて言った。

「何をどこまでできるか分からないので、お互いに様子を見ながらってことになるとは思いますが、お世話になりたいと思ってます」

望の言葉に、貴臣と眞人は「こちらこそお世話になります」とそれぞれに返してきた。

「このままずっといてくれたら、言うことなしなんですけれどね。おいしいご飯も食べられますし、今日一日だけでも、玄関が随分すっきりしましたし」

眞人は本当に嬉しげだ。

玄関は掃き掃除をした後、靴箱にしまえる靴は全部しまい、中途半端に潰れていた空のダンボールは全部畳んで縛った。幾つかまだ残っているが、それだけでもかなり視覚的にはすっきりした。

「男所帯だと本当に行き届かないことが多いからね」

「いや、俺も男だから、男所帯なのは変わってないです」

貴臣の言葉にとりあえず突っ込んだ後、望はふっと気になったことを聞いた。

「ルームシェアをしてる理由って、ギャラが少ないってことと関係あるんですか?」

ギャラが少ないのも、AV男優が少ない理由の一つだというようなことを話していた。それで聞いてみたのだが、眞人は首を横に振った。

「もちろん、それが理由なこともありますけど、貴臣と元彦に関してはギャラはいいほうですね。元彦で一本、十万くらいですか?」

「どうだろう? 僕で七万だから、彼のキャリアと人気ならそれくらいもらってるかな」

貴臣がさらりと返す。

「……一本、七万…。一日で二回撮影があるとかってさっき」

純粋に計算すれば、一日で十四万ということだろうか。

ルームシェアなんかしなくても、家賃的には全く問題ない気がした。

「AV男優っていう仕事だと、なかなか貸してくれるところがなくてね。それで困る人も結構いて」

「そういう話を昔、貴臣や元彦から聞いていたので、祖父が亡くなってこの家を僕が相続することになった時に、思い切ってリフォームして、困ってる仲間内でルームシェアすることにしたんですよ」

いわく、仕事の少ない若手には安く部屋を貸し、その代わりに家事をしてもらうことで回していたらしい。元彦は問題なく別のところに住んでいたのだが、眞人がシェアハウスを始めたと聞いて面白がってやってきて、その後、離婚した貴臣が男優に復帰してきたが、子連れでいろいろと大変すぎる様子だと聞いた眞人が声をかけた、というのが大まかな流れだった。

「みなさん、昔からの知り合い、なんですね」

今朝も、七年前の話に言及していたから、少なくともそれくらい前からは知っているはずだ。

「僕と元彦くんは、二十歳くらいからだから、もう十二年くらいかな。眞人くんとは十年になるかならないか、くらい……？」

「そうですね。僕がAV落ちしそうな時でしたから」

相変わらず眞人はさらりと爆弾を投下する。

「AV落ち……」

衝撃的な言葉すぎて、望は思わず繰り返してしまう。しかし、眞人は平然としていた。

眞人は学生の頃からモデルをしていて、雑誌などで仕事をしていたのだが、所属事務所がいろいろと杜撰《ずさん》で結局倒産してしまったらしい。

「それでちょっと金銭面的に大変な時期があったんですよ。両親とは不仲ですでに没交渉で、連絡先も分かりませんでしたし、存命中だった祖父も入院していたので心配はかけられませんでしたしね」

浮世離れした様子の眞人だが、人生はなかなかハードモードのようだった。

「それで、AVに出てみないかって言われたんですよ。ゲイの方向けの、喘ぐ方の役でって」

サラサラと流れるように紡がれる言葉に望のメンタルがゴリゴリ削られる。

「……喘ぐ方…」

「見た目でそっちが適任だと思われたんだと思います。一八〇センチ近い男が喘いで何が面白いのかと思いますし、どっちかと言えば喘がせる方が性格には合ってるんですけど」

「見た目とのギャップが激しいからね、眞人くんは」

ははは、と貴臣が笑う。

「それで、現場に慣れるためにって何作か、絡みのない役でちょっとだけそういう作品に出たんですよ。その時にたまたま二人と知り合ったんです」

「ちょうど、同じ現場の別スタジオだったりしたからね」

出会いは分かった。が、気になったのは、

「……眞人さん、出たんですか？　その、ＡＶに」

ということで、聞いていいのか分からなかったが、気になりすぎて今後態度がぎくしゃくしそうだったので聞いてみた。

「いえ。そろそろ絡みのある作品にっていう話をしていた時に、たまたま女性のプロデューサーがいらっしゃって、女性向けのイメージビデオの企画があるから出てみないかって声をかけられたんです。僕としても、喘がされるのはできれば回避したかったので、その話を受けたら、ヒットしたので」

「……よかったです…」

心の底から思った。

「まあ、喘げと言われても断って引退したと思いますけれど。……さて、僕の服はこれで全部ですね」

眞人は別の山に紛れこんでいた自分の服を手にすると、洗濯物を抱えて立ち上がり、夕食前に下りてきます、と言って二階に向かった。

「……眞人さんって、ああいう方なんですね」

「うん？　見た目と違ってメンタル強いからね。面倒見もいいし、僕も離婚してからこっち、随分と助けられてるよ」

貴臣の言葉からは、しみじみとした疲れのようなものが感じ取れた。

「結婚より離婚の方が大変、みたいなことは聞きますけど……やっぱりいろいろ大変だったんですね」

「俺よりも、智哉の方がね」

問うでもなく言った望の言葉に、貴臣はぽつりと言い、そのまま続けた。

「できちゃった結婚だったから、結婚生活はいろいろ慌ただしくてね。奥さんだった人は、初めての妊娠でいろいろナーバスで精神的に不安定で、僕は僕でちょうど会社が大変な時期だったのと、ツテでの中途入社だったから妙に頑張らなきゃって思っちゃって、余裕がなくなってたんだよね。僕がちゃんと彼女を支えてあげられてたら違ったんだろうけど、なんだか徐々に険悪な感じになって」

「それは……仕方のない部分もありますよね。それぞれの大変な時期が重なると……」

「望くんは優しいね。でも、僕が忙しさにかまけて『仕方がない』なんて逃げてなかったらちょっとは違ってたかもしれない」

結婚生活については経験がないので想像するしかないが、誰もが全方向に完璧なわけじゃない。それを求めても、また、求められても互いにつらくなるだけだと思う。

「……貴臣さんだって、充分大変ですよ。仕事もしなきゃいけないし、智哉くんのことも心配だったでしょうし……気の休まる時間とか、なかったでしょう？」

望が言うと、貴臣は不意をつかれたような顔をした後、片手で顔を覆うようにした。

「なんだか、そんな風に労われたの初めてかもしれない……。頑張れ、とか、大変だろう、とかは言われたけど…うん……」

感動と照れがごっちゃになった様子で呟く貴臣に、望はどう返していいか分からなかったが、

「とりあえず、昼間の智哉くんはちゃんと見ておきますから、あんまり心配しないでください。……洗濯物、貴臣さんのと智哉くんの分、持って上がってくださいね。俺、夕ご飯の支度してきます」

そう言うと望は台所に向かった。

正直、少し逃げるような形になったなとは思ったが、あんまり湿っぽい話を続けるのは苦手だ。

――おいしいって言ってもらえるようなご飯作って、それで元気出してもらえるようにする方が俺の性に合ってるし！

望は心の中で呟いて、下ごしらえの済んでいる食材を調理し始めた。

4

望がシェアハウスに来て二週間が過ぎ、その間に、いろいろな新しいルールができていた。

家で食事をすることの多い貴臣と眞人の二人は、台所のカレンダーに仕事のスケジュールを記入するようになった。望がそれを元に帰宅時間の把握や、献立を考えるためである。

食事がマチマチな元彦は、食事が必要な日は前夜の内に申告することになった。必要だといっていたのに、急遽《きゆうきよ》外食になったりする分にはOKだが、逆の場合はアウトだ。

それ以外では、脱衣所に脱いだ物以外で洗う物があれば、朝までに廊下に出しておくこと、洗濯が終わった物は畳んでそれぞれの籠に入れておくので、各自で部屋に持っていくことなどだ。

食事の準備がきちんとされ、掃除が徐々に行き届いてきて、毎日きちんと畳まれた衣類を籠から部屋に運ぶだけという快適な生活に、貴臣と眞人は満足そうだ。

「今日はパン食なんだね」

朝、いつものようにパジャマ姿の貴臣と智哉が朝食のためにやってくる。プレートに準備されているハムエッグに貴臣が聞いた。

「おはようございます、貴臣さん、智哉くん」

「…おはよ、ございます」

答える智哉は、もう貴臣の後ろに隠れることはなくなったが、それでもまだ少しぎこちない。

「昨日、パンが大売り出しだったので、朝食にと思って。何枚焼きますか?」

テーブルの上に鎮座している食パンの袋を開けながら望が問うと、貴臣は二枚、智哉は一枚食べられるかどうか、というような返事だったので、智哉の分は半分に切って、残してしまったら望が食べることにし、オーブントースターにパンを入れる。とろ火で温めていたホウレンソウのポタージュをカップに注ぎ、それを二人が口にして、ハムエッグをつまんでいる間に最初の二枚のパンが焼けた。

貴臣にはそのまま、智哉の分は半分に切って出し、もう一枚、貴臣の分をオーブンに入れる。

そして二人が食べている間に、智哉の弁当を詰めた。

「…うん、こんなもんかな」

詰め終えた弁当を望は智哉に見せる。

「智哉くん、今日のお弁当、こんな感じだけどいいかな」

今日の弁当は、かぼちゃの煮物に、ウィンナー、うす焼き玉子、彩《いろど》りにラディッシュ、デザートにリンゴという食材的にはこれと言って目新しいものはない。

だが、弁当を見せられた智哉は僅かに驚きと、そして喜ぶような表情をし、すぐに貴臣を見た。

「智哉、今日も凄いお弁当を作ってもらったね。よかったな」

貴臣が言うと、智哉は頷いた。

「……ののちゃん、ぁりがと…」

小さな声で、礼を言ってくる。

「ののちゃん」とは、望のことだ。どうしてもまだうまく「ぞ」が言えないので、そうなった。

「幼稚園で、最近の智哉のお弁当が凄いって話題になってるよ」

「そうみたいですね。お迎えの時に、他の保護者の方にも言われました。大したことないんですけど」

「プロの『大したことない』は全然『大したことなくない』からね」

貴臣が笑いながら言う。

目新しい食材を使っていない智哉の弁当が話題に上る理由は、飾り切りが多用されているからだ。

今日のかぼちゃは皮の部分を木の葉に見えるようにして、ウィンナーはうす焼き玉子と組み合わせて花に見えるようにした。ラディッシュは星のような切りこみを幾つも入れて、手まりのような可憐《かれん》さを出した。無論リンゴも同じく飾り切りで、今回は市松模様である。

「最初は、キャラ弁は無理だって言ってたのに」

「こういうのはキャラ弁って言わないんじゃないかと思うんですけど……」

言いながら、望は智哉の弁当の蓋を閉め、弁当袋に入れる。

食の細い智哉が、食事を楽しいと思ってくれたらいいなと思って、修業時代に叩きこまれた飾り切りで食材を飾ったら、喜んでくれている様子だったので、望も嬉しくなって続けている。

貴臣と智哉が朝食を終え、二階に登園準備に戻るのと入れ替わりで眞人が起きてきて朝食を取る。

「元彦はまた洗濯物を置いたままにしてるみたいですね」

朝食を食べながら、眞人が言う。

「もう、三日も放置ですね。必要な物だけ抜いていってるみたいですけど、今日の洗濯分を載せたら雪崩るんじゃないでしょうか」

多少の呆《あき》れを含ませながら、望は返す。元彦はもともとルーズなところがあるのか、洗濯物を籠に入れておいてもなかなか部屋に持っていかず、リビングに置いたままにしている。

「昨日、最後までリビングにいたのは元彦でしたけど、食器類は？」

「そのままでした。せめて見たＡＶくらいは見えないところにやっておいてほしいんですけど……」

放置は智哉の目に触れる可能性が高いので、教育上、目につかないところにしまってほしいと言っているのに、今まで問題は起きてないだろうと何度も放置だ。

「全く、仕方ないですね」

智哉が絡むと、眞人も多少呆れた様子だ。

「うるさく言っても仕方がないですし、仕事も忙しそうなので気長に待とうとは思うんですけど」

新参者の望があれこれ言うと反発されるだけだし、「家事全般」を請け負っているので、食器を放置しているなどというようなことは大目に見るというか、構わないと思う。

ただ、智哉に関してだけは気を遣ってほしいと思うだけで。

「望くんは優しいですね。……だから智哉くんも懐いているんでしょうけれど」

「一緒にいる時間が長いから、慣れてくれたんだと思います」

智哉のお迎えは望で固定され、迎えに行った後は当たり前だがずっと一緒にいる。

甘えてくるというようなことはないのだが、ちょっとした手伝いを頼んだりするとちゃんとやってくれるし、最初の頃のように警戒した様子はない。

「そう言えば、裏庭、少しずつ格好がついてきましたね」

思い出したように言った眞人に、望は苦笑いを浮かべながら返す。

「まだまだ一部分だけですけど……」

シェアハウスの裏は広々とした庭になっていて、望はそこで洗濯物を干しているが、使用しているのは一部分だ。それ以外の場所は雑草が生え放題で雑然としているのだが、以前はそれなりに何か育てていたのかレンガで区切られた花壇らしい区画がいくつかあった。その場所を眞人の許可を得て少しずつ綺麗にして、望はそこにちょっとした家庭菜園の様なものを作った。

智哉の食育の一環としてトマトとキュウリ、それからシソを植え、それ以外にも情操教育にいいかなと、花も植えた。

植える物は智哉と一緒にホームセンターに行って選んだ。野菜は望が選んだが、花は智哉に任せた。

智哉は最初、いつものように「なんでも」と選ばなかったが、二択か三択の誘導を繰り返し、アサガオと、グラジオラスを植えることになった。

「望くんが来てくれてから、本当に過ごしやすくなって嬉しいですよ」

眞人が言った時、登園の支度を済ませた貴臣と智哉が、出がけの挨拶にダイニングに顔を出した。

「じゃあ、行ってくるね」

「いって、き…ます」

ぺこりと頭を下げる智哉に、望と眞人は目を細める。

「気をつけて」

眞人の言葉に「ああ」と軽く返事をして貴臣と智哉は玄関に向かう。

望はその二人を見送りに玄関についていった。

特に何をするわけでもないのだが、なんとなくそうした方がいい気がして、いつもそうしている。

「いってらっしゃい。またお迎えの時にね」

出がけに声をかけると、智哉は頷いて、小さく手を振る。それに手を振り返し、送り出した。

「よし、お見送り完了！」

区切りをつけるように口に出し、台所に戻る。

眞人は食後のコーヒーを持ってリビングに移動していて、望は流しに入れてくれていた食器類を、他の調理道具と一緒に洗い始めた。

正直、ここでの生活は望にとってはこれまでのどこよりも楽だ。

「貞七」の頃、こんなに快適な生活が送れていいんだろうかと思っていたが、それ以上で、ここでの生活の心地よさに慣れてしまったら後が怖いなと思う。

そう思ってしまうくらい、望はここでの生活が好きになり始めていた。


数日後、貴臣は女優の急病で仕事がキャンセルになり、智哉を幼稚園に送りだした後ずっと家にいた。眞人と元彦は仕事に出かけ、二人で留守番という形になったのだが、望は特に気にすることなく自分の仕事をして、昼前に貴臣に声をかけ、簡単なものでよかったらと一緒に昼食を取った。

「それにしても望くんは本当によく働くね」

食事をしながら、貴臣が感心したように言う。

「そうですか？　普通だと思うんですけど」

貴臣がいるからと特に張り切ったつもりはなく、いつもと同じ感じでいたので、驚いた。

「一度も休憩しないで、動きっぱなしだったよ」

「休憩しなきゃいけないほどの労働はしてないですし……」

疲れたとも感じていないので、よく働く、と言われるとかえって恥ずかしい気がする。

「それは頼もしい限りだけど、でも無理をしないようにしてほしいな。望くんが来てまだ三週間も経ってないけど、もう望くんがいない生活とか考えられなくなってるから」

穏やかな笑顔を向けながら言ってくる貴臣に、決して甘い意味など言葉に含まれてはいないと分かっているのに、胸のあたりがざわめいた。

――イケメンの笑顔って本当にインパクトありすぎる。

「ありがとうございます。でも、本当に大したことはしてないんですよ」

ざわめきを悟られないように、と思いつつ、望は返す。

「望くんにとっては大したことなくても、こっちには随分な恩恵が来ててね。……本当にありがたいと思ってる。特に、智哉のことは」

貴臣の口から智哉の名前が出て、望は少し気がかりになっていることを聞いた。

「智哉くんのことなんですけど、大人しいいい子だとは思うんですけど……こっちの様子を凄く気遣うというか、こういう言い方をしていいのかどうか分からないんですが、顔色を窺ってるみたいな感じの時がある気がして……」

望の問いに、貴臣はため息をついた。それに聞いてはいけないことだったと、咄嗟に撤回しようとした望だが、それより先に貴臣が口を開いた。

「離婚する時…ううん、その前から、家庭環境は智哉にとって悪い状態でね。智哉が一歳になって少しした頃から、前の奥さんが浮気を始めた。俺はそのことに長く気付けなかったんだけど、彼女はまだ手のかかる智哉を放置して、その男と会ってた」

「……ネグレクト、とかっていうやつですか…」

「うん。家でもスマホでずっと浮気相手とのやりとりに夢中で、智哉が構って欲しくて近づけば怒鳴り散らしてたよ。彼女の様子が変だって感じてから家にカメラを仕掛け、それが分かった。だから、智哉は物凄く大人の顔色を見るんだ。相手の表情を見て『怒られない方』を選ぶか、言うなりだ」

――智哉くん、お昼ご飯、何を食べたい？――

――なんでも――

何気ない、いつものやりとりを思い出す。

大人しい子だからだと思っていたが、やはりあれは、望の顔色を窺っていたのだ。

そうすることで、摩擦を回避するということを本能的にしてしまっているのかもしれなかった。

そして、智哉がそんな風になるまで気付けなかったことに、貴臣は深い悔恨《かいこん》を抱えているのが表情から分かった。

――こんなになるまで、おばあちゃん気付いてあげられなくて、ごめんね――

望の脳裏に、ふっと懐かしい声が蘇った。だがその声は、続けられた貴臣の言葉でかき消える。

「二歳や三歳になると自我が芽生え始めて自己主張を始めるようになる。その自己主張を『我儘《わがまま》』として、彼女は智哉を叱りつけていたらしい。子供にとって母親の存在は命綱にも似た絶対的な存在だからね。彼女の機嫌を損ねないように、大人の望むようにするのが一番だって学んじゃったんだと思う。……そんな状況になるまで気付かない僕も、父親失格だと思うよ」

「結婚経験のない俺が言っても説得力はないけど、貴臣さんは、ちゃんと家を守るために仕事をしてたんだし、智哉くんのことも、俺から見たら凄く大事にしてるし、失格なんてことはないと思います」

慰めるつもりではなく、ただ思ったことを望は言った。

「望くんは本当に優しいね」

「そうですか？　普通だと思いますけど……。もし、智哉くんが嫌がらなかったら、買い物がてらにちょっと遊びに連れ出したりとか、そういう感じのことしてみてもいいですか？」

今は、時々一緒に絵本を読んでみたり、庭で花壇を一緒にいじったりする程度で、外に遊びに行くということはしていない。

せいぜい幼稚園の帰りにスーパーに立ち寄るか、この前のようにホームセンターに行くくらいだ。

「いいのかな。望くんも忙しいのに、これ以上智哉のために時間を取ってもらって……。最近だって花壇を作ってもらったって、とても喜んでたよ」

「あ、喜んでくれてたんですね。それならよかった」

花壇作りは嫌がらなかったが、望が作らせた感もあったので反応はどうかと思っていたのだ。

それでも、自分がまいた種が芽を出し成長していく様を見るのは楽しいかなと思って押しきったのだが、喜んでくれていたなら上々だ。

「智哉も喜んでるし、僕もね。……智哉は、離婚の前からもう人形みたいに無表情なことが多くて、でも最近、少しずつ表情が変わるようになってきたし、食事も前に比べて随分食べるようになったよ」

「そう、なんですか？」

まだまだ他の園児と比べれば、大人しすぎるし、大声をあげて笑ったりするようなことはない。ご飯だって、ネットで調べた平均的な摂取量よりもまだまだ少ない気がする。

「うん。前はもっとね。それに、僕自身も精神的に凄く落ち着いてるっていうか、変わったと思うよ」

そこまで言って貴臣は一度言葉を切り、そして続けた。

「目が覚めたら朝食の香りがするとか、夜眠る時には干されたふわふわの布団にもぐりこめるとか……そういうの、結婚生活でもなかったからね」

各個人の部屋に望は勝手に入らない、というルールだが、貴臣の部屋に関しては智哉の様子を窺うために立ちいることがある。それは貴臣の了解を得ていて、そのついでに軽く湿気を飛ばす程度に布団を干しておくことがあった。それに気付いているとは思わなくて、望は少し驚いた。

「もちろん、妊娠してからの結婚で彼女自身、自分の体のことだけで精一杯でそれどころじゃなかったっていうのは分かってる。でも、結婚生活にそういう憧れみたいなものを持ってたんだよね。僕の家は、両親が共働きで、母親もバリキャリだったから、家庭的って感じじゃなかった。だからって子供を邪険に扱ったってこともないし、母親がきちんと働いてくれてたから、兄も僕も大学まで出してもらえたってことも分かってるんだけど」

「ホームドラマみたいな、ああいうのに憧れがあるっていうのは分かります。男兄弟しかいないと、お姉ちゃんや妹に憧れるみたいな、そういう感じで」

「うん、そういう感じ。だから…自分が結婚したら、そういう家庭にしたいって思ってたのに、結局離婚になっちゃって……、智哉もあんなに傷つけて。それで、今になって、形は違うけど欲しかった物が手に入るなんて……皮肉だよね」

酷《ひど》く自分を責めているような表情で弱音を吐く貴臣の姿に、望の胸が詰まる。

――イケメンで優しくて、子煩悩ないい人なのに……。

望が知る限りの貴臣はそういう人物だ。

「……朝ご飯とか、そんなささやかなことで喜んでもらえるなら、こっちとしてはお安いご用ですよ」

湿っぽい空気を、少し茶化すような明るい声で望は言う。

「親子ともども、多分最初の望くんの思惑以上に世話になってると思うけど、ごめんね」

「全然想定内です。給料分はきちんと働きますから、安心してください」

にっこり笑った望は「お茶淹れますね」と空気を変えるように一度立ち上がった。

そしてお茶を淹れて再びダイニングテーブルに戻った時には、もう貴臣は普通の様子で、それに望はほっとした。

◇◆◇

貴臣から許可を得たこともあって、望は家事の隙間時間を智哉と過ごすようにした。

今日は幼稚園が午前中で終わりだったので、昼食はレジャーシートを敷いた庭で取ることにした。

片付け始めた地下の部屋から出てきた重箱に、おにぎりと、いろんなおかずをぎっしり詰めた。

「外で食べると、遠足みたいでちょっと楽しくない？」

食べながら声をかけると、お気に入りのクマさんを隣に鎮座させた智哉が頷いた。

こちらの顔色を窺う智哉なので、本当にそう思ってくれてるのかどうかは分からないけれど、こういうことを積み重ねて、いつか安心して自分の気持ちを表現してくれるようになったらいいなと思う。

昼食の後は、部屋に戻って、智哉に絵本を読む。

「すると、泉の中から女神が現れました。女神は『きこりや、おまえが落としたのは、この金の斧《おの》ですか？　それともこの銀の斧ですか』ときこりに聞きました」

智哉は絵本やおもちゃをたくさん持っている。

貴臣だけではなく、眞人や元彦もあれこれ買ってくるかららしい。たくさんある絵本の中から、今日、智哉が選んで持ってきたのがこの絵本だ。お気に入りらしく、開き癖があった。

智哉は不意に、描かれている泉の女神を指差すと、

「まこちゃん」

小さな声で、言った。

「え？」

予想もしなかった言葉に、挿絵をじっと見ると、確かに泉の女神は眞人に似ていた。

「あ、本当だね。眞人さんに似てる」

同意すると、智哉は少し嬉しそうな顔をした。

——あ、貴重な笑顔。

そう思いつつ、読み聞かせに戻る。

たいてい二冊ほど読むとおやつにいい時間になるので、一旦智哉から離れて台所に戻り、おやつの準備をするのだが、智哉はよくドアのところから顔を覗かせて、望が準備するところを見ている。

おやつは今のところ、手作りと、スーパーで智哉が目に留めた物——欲しい、と自分で選んでくれることはまだないので、興味が惹かれた様子の物を買って、それを出すのと半々だ。

今日は市販のバームクーヘンに、アイスクリームをスプーンで楕円《だえん》になるようにすくって添えた。

飾りにリンゴのウサギを添えて出来上がりだ。

自分の分も準備して、智哉と一緒に食べる。

智哉が食べる様子を見ながら、時間があれば貴臣もこうして智哉と過ごしたいんだろうなと思った。

——でも忙しいみたいだもんなぁ……。かなりの売れっ子だって聞いたし。

一応セーブしてはいるようだが、前は三時過ぎくらいに帰ってきたりしていたのが、最近は夕食ギリギリということが多い。

一番忙しいのは元彦で、夕食が必要だと言われて準備した日でも、帰宅が九時を過ぎることも多い。

そうじゃない日は日付が変わることがほとんどだ。

三人の中で、時間に一番余裕があるのは眞人だが、それは三人の中での話で、充分に忙しい。

夕食を食べに帰って、また仕事に出かけることもあるのだ。

——できるだけ、快適に暮らしてもらえるようにしよ……。

それを考えて、望は取りかかっている地下の部屋の掃除を急いだ。

シアタールームは、他の二部屋と同じく物置きと化していたが、本来の物置の棚の位置をいじったり、整理をし直したりして、突っ込まれていた余計な荷物はそこにすっきりおさまった。

そしてシアタールームの片づけを始めると、壊れたテレビの保証書が出てきた。オプションで長期保証に入っていたことがそれで分かり、まだ期限内だったので、早速電話をして修理に来てもらう手配をしつつ、望はひたすら片付けた。

数日後に来た修理人は、幾つかの部品を交換し、テレビを復活させてくれた。

その頃にはシアタールームは綺麗に片付いていて、望はその日のうちにリビングにあるAVをすべてシアタールームの棚に移動させた。

「というわけで、地下のシアタールームが使えるようになったので、これからは夜の酒盛りとAV鑑賞は地下でお願いしたいんですけど」

その夜、いつものように酒盛りを始めようとした三人に望は宣言した。

「はぁ？」

それに難色を示すような声を出したのは元彦だ。

「もともと、地下で鑑賞会やってたのなら、問題ないと思うんですけど」

「地下にトイレがねぇから面倒なんだよ。酒飲むとトイレに何回も行くし。そのたびに一階に戻ってくるとか、マジで面倒臭ぇ」

正論で返した望に、元彦は面倒臭さを押し出して反発してきた。

「俺、何回も言いましたよね。ここでAV見るなら、飲み食いした後の食器類は放置でもいいけど、見終わったAVのパッケージだけはパッと見だけでも見えないように片付けてほしいって。朝一番に起きてくるのが俺ならいいけど、もし智哉くんが起きてきて目にしたら悪影響になるからお願いしますって。一体何回守ってくれました？　一回もないですよね？　洗濯物だっていつまでもそこに放置しっぱなしで、タンスが空っぽになるまで持っていかないじゃないですか」

望は元彦のだらしなさを指摘する。身に覚えがありすぎる元彦は黙り、気まずい沈黙がリビングに満ちる。その中、口を開いたのは眞人だった。

「僕はどっちでもいいですよ。確かにトイレに立つ面倒臭さは多少ありますけど、地下の方が音漏れを気にしなくてすみますし、ここが常に片付いているなら、いつお客様がいらしても対応しやすいですから、その方が無難かとも思いますけどね。貴臣はどうです？」

特に場所にこだわらない様子の眞人はそのまま貴臣に振った。

「僕は、そうだね、智哉のことを考えると地下を使えるようになったのはありがたいかな。まあ…トイレが遠くなるのは少し痛いけれど」

貴臣は両方の言い分をフォローするように言うが、元彦は分の悪さを感じ取ったのか、

「俺は自分の部屋で見るから、お前ら、好きにすればいいだろ」

そう言うと飲みかけの水割りが入ったグラスを手に立ち上がる。

「元彦くん、ちょっと！」

貴臣は焦った様子で呼びとめるが、元彦は足を止めずそのまま階段を上っていった。

そして眞人は我関せずで、酒とつまみを手にすると、

「僕、先に下りてますから」

と地下へと向かう。

リビングに残された貴臣は望を見ると、

「……ごめんね」

まず、謝った。

「どうして貴臣さんが謝るんですか？」

望は不可解だという顔をして問う。

「望くんが智哉のことを考えて、いろいろやってくれてるのは本当に嬉しいんだ。でも。そのことで元彦くんと衝突するのは申し訳なくて……」

謝罪の理由を聞いた望は、小さく息を吐いた。

「智哉くんのことがなくても、そのうち元彦さんとは一度やり合ってたと思います。疲れて帰ってきてるのは分かりますけど、だらしがなさすぎるんです。何回言ってもAVもエロ本もそのまま放置だし、洗濯物の籠も部屋に戻るついでに持っていけばいいだけなのに、そこにああやって積み上げたままだし。……洗濯物はいいとしても、前の二つは絶対に智哉くんにそのうち悪影響が出ます。だから隔離する方が早いと思って地下を使えるようにしただけです」

「望くん……」

「別に、三人のお仕事のことをどうこう言うつもりはないんです。俺だって、AVを見たことがないわけじゃないし、大きくなれば智哉くんだってそういう世界を知るだろうと思いますけど、今は早すぎます。……それは、大人が気をつける問題ですから」

望の言葉は正しい。

智哉は子供で庇護すべき対象なのだから、大人の方がきちんと配慮するのが義務だ。

そのことは貴臣も理解しているのだが、それでも智哉のことで望を矢面に立たせたバツの悪さがどうしても残った。

「……本当にごめんね」

貴臣はため息をつくと、もう一度謝り、そっと望の頭を撫でて地下へと向かった。

それは、智哉にしているような軽い撫で方だったにもかかわらず、望の胸は妙にざわめいた。

——スキンシップとか、そういうのに慣れてないから……。

その理由を自分の不慣れさだと見当を付け、望は台所に戻った。

5

元彦とはぎくしゃくしたまま、十日が過ぎた。

部屋でＡＶを見ると言っていた元彦だが、その翌日からは相変わらずリビングでＡＶを見て酒を飲み、そのまま様々な物を放置だが、望はもう何も言わなかった。ただ元彦に関しては黙々と「仕事」としてすべきことをこなすだけのようになっていた。

もともと忙しい元彦とは顔を合わす機会は少なかったが、それでもそれなりに会話はあった。疲れた様子なら消化がよくて体力のつく物をつまみに準備をしたり、朝食でバランスをとったり。だが、そういうことも難しくなった。元彦の状況が分からないから、仕方がないのだ。せいぜい、残された缶ビールの本数や、酒の残量で様子を推しはかるくらいで。

それ以外は、何も変わらないいつもりだが、貴臣と眞人はそれなりに思うところがある様子ではある。ただ、どうしようもないので、時間が解決するのを待つしかないと思っているような感じではあった。

「ののちゃん、もんすーん……」

いつものおやつが終わり、ごちそうさまをしたところで、智哉が言った。

モンスーン、というのは子供に絶大な人気を誇るアニメなのだが、昨日、発売されたばかりの劇場版のＤＶＤを貴臣が買ってきたのだ。貴臣の帰宅が夕食直前だったこともあり、見るのは明日という約束になっていて、智哉は朝からずっと楽しみにしていたのだ。

「うん、これから見ようね。先にテレビのお部屋に行っててくれる？」

子供用いすから下ろしてやりながら言うと、智哉は頷いてリビングへと走っていき、望は食べ終えたおやつの食器を洗い始めた。だが、ややして戻ってきた智哉が珍妙な顔をして言った。

「ののちゃん、てれび、もんすーんじゃないの…」

その言葉に首を傾げながら智哉と一緒にリビングに行くと、テレビ画面に映し出されていたのは、AVだった。幸い、まだそういうシーンではないが、スリップドレスの色っぽいお姉さんがベッドにしどけなく寝転んでいる姿は智哉には刺激が強すぎた。

「……っ！　なんでこんな…！」

焦った望は即座にテレビ画面を消した。だが、その望の様子は、勝手にテレビをつけた智哉のことを怒っているように見えたのだろう。

「ののちゃん…、ごめんなさい……」

涙目で謝る智哉に、望ははっとして「ううん、怒ってないよ、大丈夫」と言ったが、智哉は明らかにそれから元気がなかった。


起きてしまったことは取り返しがつかず、望にできることは、智哉には極力、あれがどういうものなのかを悟られないようにすることと、起きたことを保護者である貴臣に報告することだけだった。

貴臣はさすがに険しい顔をしていたし、先に帰って来て一緒に報告を聞いた眞人も同じく、だ。

「まったく……、懸念していたことが起きてしまうなんて」

ため息交じりに眞人が言う。

「すみません……」

「望くんの責任じゃありませんよ」

謝る望に眞人は言ったが、智哉が少しでも早くＤＶＤを見たいと思っていたのは、充分分かっていたことだ。だから、ちゃんと操作を知らない智哉は見よう見まねで、他の大人たちがしているようにリモコンでテレビの電源を入れて、再生ボタンを押したのだろう。

いつもなら、いくら元彦でもデッキ内にＤＶＤを残したままにするようなことはしない。

だが、何があったのか、今回はデッキ内にＤＶＤが残されたままだったため、再生されたのだ。

「俺が、もっとちゃんと気をつけてたら防げたことです」

洗い物を後回しにして、ちゃんとＤＶＤをセットしてやればその時に中身が入っていたことに気づけたし、少なくとも智哉が自分で操作をすることはなかった。

「いや、望くんはちゃんとしてくれてるよ、いつも。元彦くんが…うっかりしてたんだろう。昨日は番長だったから、かなり疲れてたんだと思う」

貴臣は言ったが、その中に分からない単語が含まれていて、望は眉根を寄せた。

「バンチョウ？　なんですか？」

「業界用語で現場を一日で四つこなすことですよ」

眞人の回答に、望は思わず絶句する。

「前にも話したと思うけど、男優は本当に数が少ないから、かけ持ちが増えるのは仕方ない。そうしなきゃ回らないし、元彦くんは女優さんからの指名も多いから。……それで、智哉は？　部屋かな？」

貴臣は智哉の所在を確認してきて、望は頷いた。

「はい。俺のパソコンでモンスーンのＤＶＤを見てもらってます。勝手にＤＶＤつけたから俺が怒ったように見えたみたいで……この部屋のテレビで見るの、嫌がっちゃって」

「そっか……。ちょっと、智哉の様子見てくる。望くんはあんまり気にしないで」

貴臣はそう言うと二階の部屋へと戻った。

気にしないでと言われても、そんなわけにはいかず、ずっとテンションが落ちたままだった。

そして、元凶である元彦が帰宅したのは智哉が眠った後の午後十時過ぎだった。

「珍しいじゃねぇか、この時間、ここで三人揃ってんの」

望、貴臣、眞人のいるリビングに入ってきた元彦の口調は、どこまでも呑気に聞こえた。

その元彦に、最初に口を開いたのは眞人だった。

「ちょっと大変なことが起きたんですよ……元彦、あなたのせいでね」

冷たい響きの眞人の言葉に、元彦は眉根を寄せた。

「はぁ？　藪《やぶ》から棒になんだよ」

「昨日、ＤＶＤをデッキの中に残したままだったでしょう。……今日、智哉くんが見ちゃったんですよ。不幸中の幸いは、真っ最中のシーンじゃなかったってことですけど」

眞人の説明に元彦の顔色が変わる。

「ちょ、智哉が見たって……？　あ？　そうか、俺、寝落ちして再生止めて……うわ、ヤべぇ…」

「ヤバいなんて、軽い言葉で済む問題じゃないですよ！」

それまで我慢していた望が立ち上がり、キレて怒鳴った。

「俺、前から何度も言いましたよね。智哉くんの目に触れるようなことにならないように気をつけてくれって。そのために地下の部屋を片付けて、貴臣さんや眞人さんはそっちに移動したのに、元彦さんだけここに居座って！　俺への嫌がらせでしょう？」

元彦の前に立ち、真正面から睨《にら》みつける。

「あぁ？」

「俺が口うるさいから嫌がらせのつもりだろって言ってんです！　陰湿なやり方でご苦労なことですね。それの結果がコレですよ。……智哉くんは怖がって、今日はリビングのテレビを見られませんでした。絵本買ってきたり、おもちゃを買ってきたりしてご機嫌を取ってても、あんな小さい子供の目に入るかもしれない場所にいかがわしい物を放置しておくのは、虐待と同じですから！」

その言葉に、咄嗟に元彦の手が伸び、望のTシャツの胸元を掴んだ。

「虐待だ？　大袈裟なんだよ！」

「ちょっと、元彦くん、手を放して……」

慌てて貴臣が二人の間に割って入ろうとするが、元彦の手は望のTシャツを掴んだままだ。だが望は真っすぐに元彦を見据えていた。

「智哉くんの顔を見て、罪悪感もなく大袈裟って言えるんなら大したもんですけどね」

「たかが家政婦が、保護者きどりでぎゃあぎゃあうるせぇんだよ！　こっから出て行けよ！」

元彦は半ば逆ギレして捨て台詞とともに、望の胸を突きとばすようにして手を放した。貴臣が割って入っているとはいえ、身長も体重も元彦とは違いすぎて、望は勢いでよろめき、床に膝をついた。

「ちょっと元彦！　危ないでしょう。少し落ち着いたらどうです」

窘《たしな》めるように眞人が言い、望と元彦の様子を窺う。だが、望は落ち着いていた。というよりも、さ

っきまでの怒りが沸点を超えた瞬間に冷めた感じで、頭の芯が冷えていた。

望は立ち上がると、元彦に軽蔑するような眼差しを向けた。

「分かりました。一通りの片付けも済みましたし、僕が出て行ってもさほど支障はないでしょう」

「え？」

「ちょっと、望くん、何を言って」

眞人と貴臣が慌てて望を見る。だが、望はむしろ落ち着いた顔で、淡々とした口調で言った。

「月末までお世話になります。後二週間ありますから、その間に次の仕事も見つかると思いますし」

「待ってください、売り言葉に買い言葉みたいに……ちょっと落ち着いて」

眞人が慌てて取りなそうとする。いくら口調が淡々としていて、落ち着いた顔をしていても、冷静ではないことくらい簡単に分かった。しかし、

「おう、話が早いな。じゃあ、そういうことで」

冷静ではないもう一人である元彦は煽るように言う。

「元彦くん！」

余計なことを、と責める様子の貴臣にも元彦は悪びれた様子もない。

「他に用事もなさそうですし、俺はお風呂に行かせてもらいますね」

望は言うとリビングを出て行った。その後を貴臣は追おうとしたが、

「……今は、何を言っても聞いてくれませんよ。望くんには明日、落ち着いてからにしましょう」

眞人は貴臣を止め、そして視線を元彦に向けた。

「元彦、あなたには今、きちんと話をしておく必要がありますね。まあ、座ってください」

その眼差しと声は、静かなのに従わざるを得ない迫力があった。

渋々、という様子ではあるものの、元彦はソファーに腰を下ろし、貴臣も流れで座った。

「元彦、あなたが智哉くんのことを可愛がっているのは分かってます。だからこそ自分がやってしまったことの結果に動転して、それを望くんに正論で叱られて逆ギレしたことも分かってます。……でも、正直に言えば、望くんの言葉通り『嫌がらせ』と受け止められても仕方がないことです」

「別にそんなつもりじゃねぇ」

「そんなつもりじゃなくても、そう見えかねないよ」

控え目に貴臣も眞人に同意する。

「だから違うっつってんだろ！　あいつがぎゃあぎゃあうるせぇのが悪いんじゃねぇか！　洗濯物が積んであって、命に関わんのかよ？　せいぜい、ちょっと邪魔ってだけだろ」

キレた元彦に、眞人は息を吐いた。

「反抗期の中学生と同レベルですか。望くんが来る前、ちょっと邪魔、が拡大して散々な状況になったのをもう忘れたんですか？　今の生活が以前と変わらず不便なままだというのなら、あなたの言い分も分かりますが、はるかに快適になっているはずです。それとも、また前に戻りたいんですか？」

眞人の口調はどこまでも静かではあるものの、それが逆に精神的に責められるような気持ちにさせるものだ。元彦は少しの間黙したものの、

「じゃあ、俺が出て行きゃいいってことだな……！」

逆ギレして立ち上がる。

「友達に出て行けなんて、言いたくありませんし、言うつもりもありません」

る人は他にもまた雇えますけど、親しい人と仲違いするのはよくないです。それに、今なら貞七が閉まってからの期間もそんなに経ってないから、次の仕事を見つけるのも、まだそんなに難しくないんです。前の仕事からあんまり時間が空くとマイナスポイントだし、ここのことも、一カ月くらいでやめるってなるとそれもマイナスポイントなんで、伏せようかと思ってますけど」

望の言葉には何の破綻も見られなかった。

望が来る前、掃除や食事、智哉のことなどでかなり不自由はしたが、元彦と諍《いさか》うことはなかった。

そして望が再就職をするなら、ブランクは短い方がいい。そして、職を転々としているという印象を見せないために、ここで働いていたことは伏せるというのも。

すべて正しいというか、間違ったことは何も言っていないのだが、貴臣も眞人も、納得できなかった。

そんな不穏な空気を感じ取った智哉は、不安そうな顔で望を見ていた。

「……とりあえず、その意思があるということだけは、聞いておきます。でも、僕たちは承諾しかねているということも覚えていてください。とにかく、一度ゆっくり話をしましょう」

眞人はそう言った後、貴臣に視線を向けた。

「幼稚園の準備をしないと」

「あ…ああ、そうだね。智哉、行こうか」

そう促し、貴臣は智哉を連れて二階へと向かう。それを見送ってから、望は智哉に聞かせるべきではなかった、と悔やんだ。

——決心が鈍る前にって思って焦った……。

複雑な環境で育った智哉にとっては、大人のギスギスした空気はもっとも苦手とするものだと分かっていたのに、冷静ではなかったせいで、配慮を欠いた。

そう、冷静じゃない。

今の自分は、まったく冷静じゃないと望は気付いていたが、言葉を撤回するわけにはいかなかった。

それがたとえ自分の首を絞めることになるのだとしても、望にはできないのだ。

無駄な頑固さだと自分でも思うが、そういう性分なのだから諦めるしかない。

――やめる日まで、できるだけ智哉くんには楽しく過ごしてもらおう……。

そうとだけ、望は心に決めた。


望のそんな決意に対し、貴臣と眞人は焦っていた。互いに何とか説得して、出て行くのを阻止したいとは思っているのだが、月末まで二人とも仕事が立て込んでいたのだ。

眞人は写真集の撮影で一週間ほど、国内ではあるがロケに行かなくてはならなかったし、貴臣は智哉が望に懐いていることと、望になら安心して智哉を任せられるという判断もあって、深夜まで続きそうな現場の仕事を入れ始めていたため、説得をするにも望と話をする時間が取れないのだ。

『元彦は何とでもなります。とにかく、望くんの説得が最優先です』

ロケ先の眞人から貴臣にそんなメールが入ったのは、望の宣言から一週間後のことだった。

そしてこの一週間、望は望で悩んでいた。

午前中の家事を終えた後、智哉を迎えに行くまでの時間を使って職業安定所に行ったり、求人情報を見て、面接を受けたりしているのだが、なかなか条件が合わないのだ。

提示されていた情報について、面接で確認すると随分と食い違っていて見送らざるを得なかったり、ここは！　と思っても、もうすでに決まってしまっていたりだ。

もちろん、二週間で仕事が決まらなくてもしばらくは食べていけるだけの貯金はある。

ただ、出ていく時に「仕事が決まってない」なんて、格好悪いことは言いたくない。

だからと言って条件が悪いと分かっているところで働くのは無理だ。

以前、ブラックと言われるような店で働いて、結果体を壊して入院した。同じことは繰り返せない。

——焦ってもしょうがない。大丈夫、何とかなる。

自分に言い聞かせるようにして、望は頭を切り替えて智哉を迎えに行った。智哉はいつものように下駄箱に出てきて、そこから手を繋いで門の外に停めてある自転車まで一緒に歩く。

そして、自転車の後ろの子供用シートに座らせ、ヘルメットを装着させている時、不意に智哉が口を開いた。

「……ののちゃん、いなくなっちゃうの？」

それはあまりに突然の問いで、まさかここで聞かれると持っていなかった望は言葉に詰まった。

その間も智哉はじっと望を見ていて、その目は不安に揺れていた。

「えっとね……、他のお仕事をしたくて、それで…」

絞りだせたのは、半分ごまかしを混ぜたようなそんな言葉だけだった。

「とも、にんじんとぴーまん、たべるから。……だめ？」

智哉は、望が出て行くのが自分のせいのように感じているらしく、そう聞いてきた。

その言葉に、望はどう返していいか分からなかった。

「……大きくなったら、食べられるようになるから。今は食べられなくてもいいんだよ」

何とかそれだけを言い、ヘルメットをちゃんとつけると、望は自転車をスーパーに向けた。

陰鬱な気持ちでの買い物は、家にあるはずの在庫をまた買ってきてしまうという失敗を生んで、望は二重に落ちこんだのだった。

◇◆◇

望の宣言から十日。

昨日、ロケから帰って来た眞人は今日一日オフで家にいる。そのため、望は午前中の家事を終えると、眞人に智哉のお迎えなどを任せて仕事探しに出ることにした。

「じゃあ、出かけてきます。今日はお弁当の日なので、智哉くんのお迎えは二時にお願いします」

ロケの疲れがあるらしく、リビングで自堕落な様子で座っている眞人に望が声をかけると、

「仕事、無理に探さなくてもいいじゃないですか。元彦のこと以外で、ここに不満はないんでしょう?」

けだるげに眞人は言ったが、それに望は答えず、

「じゃあ、お留守番お願いします」

それだけ言って、出かけていった。

「……まったく、頑固」

ロケに行く前に何度か眞人は思いとどまるように話をしたし、貴臣も説得したという。

だが、結局望は聞き入れることなく、月末まであと四日というところにきていた。

このまま月末がきて、望が本当に出て行くようなら、やはりこの近くに手ごろな店舗を買ってそこで店主をしてもらうのがいいだろう。

「後で物件の検索でもしましょうか」

独りごちた眞人は昼食までソファーでひと眠りして遅めの昼食を取った後、智哉を迎えに行った。

そんな二人の許に来客があったのは、望が準備していったおやつを智哉に出した時だった。

やってきたのは見たことのない上品そうな女性で、亡くなった祖父母の知り合いだろうかと眞人は思ったが、そうではなく、望の祖母の槙田和江《まきたかずえ》だと名乗った。

急いでリビングに通すと、人見知りな智哉は固まっていたが、こんにちは、と優しく微笑んで声をかけられて、小声ながら「こんにち、は…」と返していた。ぎこちない智哉にも動じることなく笑顔のまま「ちゃんと挨拶ができて、お利口さんね」と言う彼女に、智哉は少し安堵した顔をする。

取り急ぎソファーに座してもらい、お茶を準備しながら眞人は急な来訪について考えた。

――もしかして、今回のことを望くん、相談して？

それで心配してやってきたのだとしてもおかしくはない。だが、いきなり聞いては警戒されるだろうから、遠まわしに聞こうと心に決め、お茶を手に眞人はリビングに戻った。

「お待たせしてすみません」

お茶を出し、眞人もソファーに座る。

「本当に突然お邪魔してしまって申し訳ありません。同窓会で上京しましたので、ついでに望の様子はと思い立って……」

遠まわしに聞くより先に和江の方から説明され、とりあえず今回のことについては知らないのかもしれない、と安堵する。

「そうですか。今、望くんには僕の用事で出かけてもらっていて……すぐに戻ってくると思いますから、しばらく待っていただけますか？」

新しい仕事探しに行っているなどとは言えず、咄嗟に誤魔化す。

「まあ…、間の悪い時に来てしまったみたいで」

「いえ、そんなことは」

そう返事をしながら、うまく誤魔化されてくれたことに眞人はほっとし、種類は多少違うとはいえ、普段から演技しなれていてよかったと思った。

その時、門扉の開く音に続き、車が前の駐車場に入ってくる音が聞こえた。

「ぱぱのくるま」

智哉が少し嬉しそうな顔をした。

「あら、てっきりあなたがお父様かと」

智哉の言葉で、眞人が父親ではないと分かったのか、和江が驚いた顔をする。

「いえ、智哉くんは同居人の息子で……。すみません、僕、名乗ってませんね。織原眞人と申します。一応、ここの家主の様なものです。それから、こちらが篠沢智哉くん、四歳です」

改めて紹介した時、玄関のドアが開く音が聞こえた。そして、リビングに顔を出した貴臣は見知らぬ女性の存在にすぐに気付き驚いた顔をした。

「珍しいね、お客さん？」

「望くんのおばあさまです。同窓会でこちらにいらっしゃったついでに望くんに会いに」

「望くんの……？」

貴臣は怪訝な顔をした。現在のこの家の状況で望の祖母の登場となると、やはり眞人が心配したようにもめごとについて心配してやってきたのではないだろうかと思った様子だ。だが、眞人は、

「こちらが智哉くんの父親の篠沢貴臣です」

先に和江への紹介を済ませる。

「はじめまして、いつも望くんにはお世話になっています」

「いえ、こちらこそ……。望は、こちらでちゃんとやっておりますでしょうか？」

和江が心配そうに問う。

「もちろんです。こちらが思った以上のことをしてくれていて……僕も智哉も頼りきりなくらいです」

出て行く寸前などと言えるわけもないし――言うつもりもないが――、とにかく、自分たちが望を必要としているということだけは伝える。

「ところで、今日はどうしたんです？　夜まで仕事のはずだったたんじゃ……？」

急に帰ってきた貴臣に眞人が問う。

「ああ、うん、その予定だったんだけど、スタジオの入ってるビル、配線工事してたんだけど不具合があったみたいで、電気が通らなくなっちゃって、今日は全部中止。多分、元彦くんも、早く帰ってくると思うよ。夜の現場、そのビルだったはずだから」

「ああ、なるほど。じゃあ、とりあえず荷物を置いてから戻ってきてください。あと、ついでに望く

んに連絡を取って戻ってきてくれるように伝えてくれますか？　今、僕の用事で出てもらってて」

眞人はそう言って、一旦、貴臣をリビングから逃がした。

貴臣は部屋に戻り、真っ先に望に電話をかけたが、何度かの呼び出しの後、留守番電話サービスにつながってしまった。仕方がないので、メールで望の祖母が来ていること、眞人の用事で出かけているという設定になっているということを送信し、見てくれれば返信があるか、帰ってくるだろうと貴臣はリビングに戻った。リビングでは上手く眞人が話をつないでいる様子で、和やかな様子だった。

「……望くんに連絡つきました？」

戻ってきた貴臣に眞人が問う。

「電話したんだけど、出られない状況みたいで、留守電になっちゃって。だからメールしといた」

「じゃあ、メールを確認次第、帰ってきてくれそうですね。望くんの移動は自転車だから、電話が鳴っても取れないことが多いと思いますから」

さりげなく眞人はフォローする。その言葉に和江は望のことを案じるような笑みを浮かべると、

「望は、いつ連絡しても『大丈夫』しか言わない子なんです。大丈夫と言ってるわりにはお店が倒産してしまったり、とんでもないところに就職して体を壊して入院してしまっていたり……」

どうしても心配してしまう理由の一端を口にした。

「え？　そうなんですか？」

眞人が驚いた様子で問い返した。

「あれ？　眞人くんも知らない話？　眞人くんはそういうことも聞いてるのかと思ってた……」

貴臣の言葉に眞人は頭を横に振った。

「知りませんでしたよ。僕は『貞七』……、前に勤めていたお店の頃の彼しか知りませんし、人柄はその時に分かっていましたから、特に聞くこともないかと。それに、職歴というか…貞七が初めて勤めたお店かと思っていましたし」

「前のお店のことも、御主人が亡くなられてお店を閉めることになったので引っ越しましたっていう連絡が来ただけで……。住み込みのお仕事だとは聞いてるんですけれど」

「ええ、うちで家事全般を担当していただいています。うちは男ばかりのシェアハウス……共同住宅で、それぞれ仕事が不規則だったり、朝出かけて帰るのが夜中だったりすることも多いので、どうしても家のことがおろそかになってしまっていて……」

特に食事の管理が全くできていなくて困っていたところ、ちょうど、望も次の仕事を探すところだというので、望の料理にほれ込んでいた眞人がスカウトして来てもらった、と説明した。

「本当に、彼が来てくれて助かってるんです。僕は智哉を連れて離婚してしまったので、どうしても日中は智哉をどこかに預けたりして寂しい思いをさせることが多くて。今は、望くんがいてくれるので、安心して仕事もできますし、智哉も望くんに懐いています」

貴臣がそう伝えると、智哉は和江を見上げて言った。

「……ののちゃんのごはん、おいしくて、だいすき。ほんも、いっぱいよんでくれるの」

人見知りで口数の少ない智哉にしては驚くほどの長文を、それも初対面の和江に精一杯伝える。その様子に普段の智哉を知っている貴臣と眞人は少なからず驚いた。

「まあ、そうなの？」

和江の言葉に、智哉はうん、と頷く。

「花壇も作ってもらったんだよね？　智哉、おばあちゃんに、智哉の花壇見せてあげようか？」

「おはな…、ののちゃんとうえたの」

貴臣に促され、ソファーから滑り降りた智哉は、どう誘っていいか分からない様子で言った。

「荒れていた裏庭を望くんが綺麗に片付けてくれたんです。どうぞ」

眞人が言葉を添えて、案内をするように立ち上がる。それに和江も立ち上がった。そのまま眞人は玄関まで二人を送り出したが、その先は智哉に任せたようで、すぐにリビングに戻ってきた。

「……驚いたね、まさか望くんのおばあさまがいらっしゃるなんて」

貴臣の言葉に眞人は頷いた。

「でも、うまくいけば望くんをここにいてくれるようにできるかもしれませんよ。さりげなく、望くんがずっとここにいてくれたら本当に嬉しい、的に話を振って……」

「そのあたりの誘導は眞人くんに任せるよ」

貴臣が返した時、玄関のドアが開く音が聞こえ、急ぎ気味の足音がリビングに近づいてきた。

「おばあちゃんが来てるって……」

そう言って飛び込んできたのは望だ。

「おかえりなさい、望くん」

「おかえり」

眞人と貴臣に出迎えられ、望は、ただいま、と戸惑った様子で返しながらも、視線をさまよわせて和江の姿を捜す。

「おばあさまなら、今、智哉くんが裏の花壇をお披露目してますよ」

「そう、ですか……。すみません、まさかおばあちゃんが来るなんて。俺、何も聞いてなくて」

望の言葉に眞人は頷く。

「同窓会でこちらにいらしたついでに、急に思い立ったとおっしゃってましたからね」

「それでも……」

アポなしで来るなんて、と戸惑いながらもまだ自分がここをやめる前でよかったと望は思う。

「とりあえず、望くんがおばあさまに伝えているかどうかは分かりませんが、今回のもめごとのことについては、僕たちは一切触れていません」

「俺も、何も……。ばあちゃんには、心配かけたくないから……」

「じゃあ、何も言わないってことでいいね。あと、今日、使う予定だったスタジオビルで不都合が出て撮影が中止になった。元彦くんもそこを使う予定だったから、多分中止になって帰ってくると思う」

貴臣の言葉に望は意味を計りかねた顔をした。

「おばあさまに心配をかけないように、みんなで夕食にしたらどうかな？　元彦くんにもそう連絡を入れておけば、寄り道せずに帰ってくると思うし」

説明を付け加えた貴臣に、望は頷く。その望に、

「じゃあ、そろそろおばあさまに会いに行ってきてください」

眞人は促し、はい、と返事をして望は裏庭へと向かった。

夕食の開始時間に、元彦は間に合わなかった。眞人が連絡を入れたものの返事はなかったようだが、

『無視したら、分かってますね。と書いておきましたから、遅れても帰ってくるでしょう』と、穏やかな笑顔で多少物騒に思えることを、食事の準備をしている望にこっそりと耳打ちしてきたので、先にみんなで食べ始めることにした。

「望のご飯を食べるのは、随分と久しぶりだけれど、腕を上げたわねぇ」

和江はニコニコしながら言う。

「そりゃ、一応、プロになったんだし……。学生時代と同じだったら、修業した意味ないじゃん」

貴臣たちもおいしいと常に褒めてはいるのだが、身内から褒められるというのは照れ臭いのか、どこかぶっきらぼうに聞こえるような声で望は返した。

「学生時代からってことは、わりと前から料理を？」

貴臣が問い、それに望が答えようとした時、表の駐車場に車の入ってくる音が聞こえた。

「もとくんのくるま」

智哉の言葉に望は軽く口元を引き締めた。元彦とはまともに顔を合わせていないままだ。顔を合わせると気まずいので、望は元彦が起きてくる時間は他の家事をして台所に近づかないようにしているし、元彦もできるだけ顔を合わせないようにしているのは明白で、帰宅はほぼ望の就寝後だ。

「……ただいま」

帰ってきた元彦は、眞人からのメールが効いたのか、ダイニングに顔を見せた。

「おかえりなさい、元彦。遅かったので先に始めてますよ」

眞人がにっこりと笑顔で言うが、その笑顔は事情を知っている面々には威嚇《いかく》にも近い。

「ああ。ちょっと、道が混んでて……」

ゴニョゴニョと言い訳をする元彦に、

「はじめまして、お邪魔しております。望の祖母です」

事情を知らない和江がそっと立ち上がり、穏やかな笑顔と口調で元彦に挨拶をする。

「あ……、どうも、はじめまして。高野です」

挨拶を返した元彦が、隙を見て逃亡などという気を起こさないように、

「おなかがすいたでしょう？　そこで手を洗って座らないと、あっという間に料理がなくなりますよ」

威嚇笑顔のままで眞人が言った。

翻訳するなら、『逃げられると思うな。空気を読んでさっさと加われ』だ。

元彦は、おう、とだけ言うと台所で手を洗い、いつもの自分の席に着いた。

「さっきの続きなんだけど、望くんってそんなに前から料理を作ってたのかい？」

貴臣が話を戻して、それに望は頷いた。

「料理らしい料理っていうのは中学生くらいからですけど…簡単なのなら、もうちょっと前から」

望の言葉に、和江が続ける。

「私と望の二人暮らしで、私が仕事を終えて戻るのがどうしても七時頃でしたから……小学校の低学年の頃から、火を使わないでできるものはいつの間にか……」

「お二人、だったんですか？」

初めて聞く話に驚いて貴臣が問い返す。

「ええ。あら、望、何も話してないの？」

「聞かれたことなかったし、わざわざ話すこともなかったし」

確認するように問う和江に、望はそういう機会に恵まれなかっただけだと言外に告げる。

「まあ、積極的に話すことでもないですけど、この子の母親が私の娘なんですが、若くて結婚して、若かった分いろいろ堪えることもできなくて、後先考えずにこの子を連れて離婚して。結局育てきれないでいたところで、娘の住んでいた市の役所から連絡があって……私が引き取ったんです。望が五歳の時です。主人も亡くなっておりましたし、それで二人で」

「俺が生まれてたこともだけど、友里江《ゆりえ》さんが結婚してたこともおばあちゃん知らなかったんだよね。友里江さん、家出娘でそのまんま勝手に結婚してたから」

綺麗にまとめた和江に、多少、棘《とげ》のある言葉で望が付け足した。

「家出と言っても、成人した娘でしたからね」

母親を「友里江」と名前で呼ぶことなどからも、どうやら、望の幼少期は複雑な様だと分かる。

「それで、おばあちゃんに育てられて……おばあちゃんは小学校の先生だったんです」

「同窓会も、教え子たちに呼ばれて……」

今回の状況の理由だった同窓会は、彼女自身のものではないらしい。

「教え子に呼んでもらえるなんて、いい先生だったんですね」

「子育てには多少失敗したと思いますけれど」

笑みながら言う眞人に、和江が苦笑いで返す。

「望くんは優しいいい子に育ってるじゃないですか」

「それはこの子が努力したからだと思います」

貴臣のフォローに、あくまでも控えめに和江は返した。

「それで、おばあちゃんの赴任してた小学校が俺の進学地域の小学校と違ってたから、おばあちゃんが帰ってくるまで一人で家にいること多くて……それでおなかがすいたから、何か作ろうって感じで、初めて作ったのがサンドイッチ。ハムとチーズとマヨネーズで挟むだけのですけど」

望は料理を始めたきっかけに話を戻し、それに貴臣が感心したように言った。

「そこで何かを買い食いって方向に行かないのが凄いよね」

「田舎だったから、子供の足で気軽に行ける距離にコンビニとかなかったんですよ。それに買い食いなんかしたら、すぐお金がなくなっちゃうし……。あの頃は、マンガを買うのが一番の楽しみだったから、家にあるものでなんとかしたいっていう気持ちの方が大きくて」

「ああ、分かります。お小遣いの中で優先順位を決めますよね。一カ月で発売日が何回くるかでその月のやりくりがほぼ決まるっていう」

笑いながら言った望に、眞人が頷きながら返す。

「うちは兄がいたから、二週に一回、交代で買ってたなぁ」

貴臣も自分の子供時代を振り返り、その後は智哉の幼稚園の話が入ったりしながら、食事が終わるまで和やかな会話が続いた。元彦はほとんど話さなかったが、空気を壊さない程度に相槌《あいづち》を打ったりしていたし、望と不仲であるということは悟られずに済んだだろう。

「今日は本当に突然お邪魔した上に、ごちそうになってしまって、すみませんでした」

食事後、和江は帰ることになり、望は送ることになった。駅まで、と思っていたのだが最寄駅はこの時間になると本数が少なくなるため、和江が泊まるホテルまで車で三十分ほどということもあって、ホテルまで送ることになった。

「こちらこそ楽しい時間を過ごさせていただきました。お近くにいらしたら、またお越しください」

如才なく眞人が返す。

「望くん、これ、僕の車の鍵」

貴臣がそう言って車の鍵を望に渡した。

「すみません、お借りします」

眞人でも元彦でもなく、貴臣の車なのは、貴臣の車が唯一の右ハンドルだからだ。眞人と元彦は外車に乗っていて、左ハンドルなので望は運転しづらいし、何かあった時にいろいろ怖い。

「じゃあ、気をつけて」

送り出す貴臣に、お邪魔いたしました、と和江は深く頭を下げる。貴臣の後ろから半分体を隠しながら、智哉が「ばいばい」と手を振り、和江も手を振り返し、望とともにシェアハウスを後にした。

こうして無事に和江を見送ったシェアハウスの面々は、一旦リビングに集合した。

「まずは、元彦、協力ありがとうございます」

「あんな意味深なメール送られたら、従うしかねぇだろ」

労う眞人の言葉に、不承不承、という様子でソファーにふんぞり返るようにして座った元彦が返す。

「今日はおばあさまがいらしたので、職探しの最中に帰って来てくれましたけど、このままだと本当に望くんは出て行くかもしれませんよ」

「望くんの腕なら、職探しはそう難しいことじゃないだろうしね」

眞人と貴臣の言葉に元彦は眉根を寄せた。

「出て行くくっつったのは、あいつの方だろ」

「あなたがそう言ったから、そう言わざるを得なかったんじゃないですか」

呆れたと言いそうな様子の眞人の言葉に、貴臣の隣にちまっと座っていた智哉は衝撃の事実を知ったような顔をして、元彦を見た。

「……元彦くん、なんだかんだいって望くんの料理好きじゃないか。それに気付いてるよね？　深酒した様子の次の日には、元彦くんにだけ野菜ジュースの準備がしてあったりするの。それはあの後だって変わってないはずだよ」

静かな声で貴臣が言う。それらはすべて事実で、元彦は唇を噛んだ。元彦自身、自分のルーズさが原因だということは理解しているし、意地になっているだけだということも分かっているのだ。だが、最初に意地を張ってしまってから時間が経つにつれて、張った意地を折れなくなっていた。

「元彦、いい加減にしないと自分の首を絞めるだけになりますよ」

そう言った眞人に、

「うっせぇよ！」

逆ギレした元彦は怒鳴ると立ち上がり、荒々しい足音で二階へと向かった。

「まったく…自覚してるくせに」

「自覚してるから、余計に、だろうね」

眞人の言葉に返す貴臣に、智哉はそっと貴臣の膝を叩いた。

「もとくん、ののちゃんとけんか？」

その言葉に貴臣は苦笑した。

「うん、少しだけ」

「いなくなっちゃう？　……ののちゃん…」

「そうならないようにするよ」

そんな術《すべ》は思いつかないが、貴臣はそう返すよりなかった。


和江を送っていった望が帰って来たのは、一時間ほどしてからだった。

リビングには眞人と貴臣がいて、眞人はニュース番組を、貴臣は台本を読んでいた。望は貴臣に礼を言って車の鍵を返し、台所で後片付けを始めたが、少しした頃、台所に人が来た。

「……ちょっといいか？」

背後から聞こえたその声は元彦のもので、振り返るとそこには元彦と、そして元彦の手をしっかり握った智哉がいた。珍しい組み合わせだなと思いつつ頷くと、

「……いろいろ、悪かった」

不意に元彦が謝った。

「…は……？」

いきなりの謝罪に望は目を丸くした。

「おまえのメシは、うまいと思ってる。いろいろ、考えてくれてんのも、分かってる」

続けられた言葉に、望は戸惑うしかない。

「だらしねぇのは、すぐには直せねぇ……けど、努力する」

そこまでが元彦の限界だった。そもそも、謝らなくてはとは思っていた。だが、意地になってしま

ってできず、指摘をされて逆ギレするのも悪い癖だと自分でも分かっている。

今日も、さっきリビングで眞人に指摘されて逆ギレし部屋に戻ってから、密かに悶々と反省していたのだ。そこに、部屋をノックして誰かがやってきた。

「まだなんかあんのかよ！」

返事もしてないのに開いたドアの音に、咄嗟に怒鳴った元彦は、怒鳴ってから後悔した。

そこにいたのは、智哉だったからだ。怒鳴られてビクついた智哉は、涙目になっていたが、涙目のまま、ベッドに座った元彦の前に来た。そして元彦を真っすぐに見て言った。

「もとくん、ののちゃんと、なかなおりして。ともも、がんばってにんじんとぴーまん、たべるから」

智哉の中で何がどうなってニンジンとピーマンを食べることが望を行かせないこととつながったのか分からないが、それくらい自分も努力すると言いたいことと、望に出て行ってほしくないと思っていることだけは分かった。

幼い智哉にそう言われると、そもそもの発端が、自分が智哉の目に触れるところにAVを放置していたことだったこともあって、折れるよりなかった。というか、意地がぽっきりと折れた。

それで、謝罪にきたのだが、それ以上言うのは元彦には無理だった。

望も戸惑っているのか、何も言ってこないし、元彦がこの状況に居心地が悪くて追い詰められて、それ以上の言葉を言わなきゃ無理かと思った時、

「つまり、望くんに出て行かないでくれってことですか？」

眞人が元彦の後ろから言葉を添えた。どうやら、智哉に手を引かれて元彦が台所に向かったところから何かあると踏んで近づいてきていたらしい。

眞人が話を進めてくれたので、それに乗る形で元彦は頷き、元彦を連れてきた智哉も、

「ともやも、にんじんとぴーまん、がんばるから……、いかないで」

涙目で言うのに、望は大きくため息をついた。

望は望で、和江を送っていく車内で言われていた。

『おまえは、私に似て頑固なところがあるから心配だわ。一途という方に向けばいいけれど、頑固さは自分の大事なものを見失うことにもなりかねませんよ。……今のおうちの人たちを、大事になさいな』

和江に悟られずに済んだと思っていたが、学校の教師を長く務めていた彼女の眼には、何かが透けて見えていたのかもしれない。そう言われていた矢先の、元彦からの謝罪に望も折れることを選んだ。

「……俺もいろいろ、うるさく言いすぎました。すみません」

「じゃあ、これからもうちで働いてくれます？」

すぐさま眞人が確認し、望は頷いた。

「はい。よろしくお願いします」

「よかった。智哉くん、お手柄ですね」

眞人はそう言って智哉の頭を撫でる。

望の残留が決定し、居心地の悪かった元彦はさっさと二階へと戻っていった。

それを苦笑して見送った眞人は「ちょっと行ってきます」と、元彦を追って二階へと向かう。

「智哉、お風呂に入ろうか」

流し台の前にいた望からその姿が見えなかったが、貴臣も近くで成り行きを見守っていたらしく、

残された形になった智哉を連れて風呂に向かった。

こうして一人になった望は、むず痒いような安堵を感じながら、片付けの続きを始めた。


夕食の片付けと明日の仕込みを終えた望は、リビングで洗濯物を畳み始めた。

いつもは夕方にやっておくのだが、今日は和江が来ていたので、できなかったのだ。

半分ほど畳み終えた頃、智哉を寝かしつけた貴臣がリビングにやってきた。

「今日はいろいろお疲れ様」

「いえ、こっちこそ、急に祖母が来て…すみませんでした」

「抜き打ちで来ないと、望くんは心配をかけまいと頑張るからっておっしゃってたよ」

謝る望に、笑いながら貴臣が言った。

「いつの間にそんなこと……」

「望くんが夕食の支度をしてる時にね」

説明されて納得した。支度を手伝うと言ってくれたのだが、リビングで座ってて、と言ったのは望だ。そこには眞人と貴臣、智哉もいて、流れでそんな話になったのだろう。

「……望くんは、ちょっと智哉と似た境遇だったのかな？」

不意の問いに、望は少し間を置いてから、頷いた。

「近い、かもしれません。両親が離婚したのは、二歳の頃だったみたいです。覚えてないんですけど、
戸籍ではそうなってました。友里江さんは綺麗に言うなら恋多き女で、離婚後もいろんな人と交際し

ていたみたいです。俺は、彼女の恋人が来ている時は家には入れてもらえなくて……五歳の時に近所の人から児童相談所に通報があったみたいです。その流れで祖母に連絡が行ったんじゃないかと」

「それで、おばあさんに？」

「はい。父親は再婚してましたし、友里江さんも子供は邪魔だって。今はどうしてるのかもちょっと」

話しかければ邪険にされて、泣けばうるさいと怒鳴られて、そのくせ男と別れた時だけは機嫌を取るように猫なで声を出してきたのを覚えている。

そんな風に育てられた望は、引き取られた当初、感情が乏しかった。

そのことに気付いた和江はよく望を抱きしめて、謝った。

『こんなになるまで、おばあちゃん、気付いてあげられなくてごめんね』

と。祖母のせいではないのに謝られて、それはそれでつらかった。

だから、祖母が謝らなくていいようにしようと、祖母の負担にならないようにしようと思った。

「……だから、智哉のことに一生懸命になってくれるのかな」

貴臣の言葉に望は首を傾げた。

「理由の一つとしてそれがないとは思いませんけど……、智哉くんは可愛いですし、子供をちゃんと育てるのは周囲の大人の義務だと思いますし」

決して自分の子供の頃を重ねて見ているわけではない、と告げる。だが、

「でも、その智哉くんにもいっぱい心配かけちゃって……本当にすみませんでした」

智哉が機会を作ってくれなければ、意地を張ったまま、月末を迎えていたことは間違いなくて、望は謝った。それに貴臣は苦笑する。

「正直、冷や冷やしてたよ。僕たちが何を言っても、二人とも聞き入れてくれないしね」

「すみません」

重ねて謝る望に貴臣は少し間を置いて、優しい目で望を見た。そして、普通よりは幾分か甘く聞こえる声で続けた。

「このまま、出て行かれたらどうしようかと本当に悩んでたよ。……君のことが好きだから」

目の前には大量の洗濯物——主に下着で、今、望の手にあるのも下着だ。この状況下で、まさか告白されるなどと思ってもいなかった望の口から唯一出たのは、

「……は?」

なんとも間の抜けた、その言葉だけだった。

6

「や…待って……」

媚《こ》びるような甘ったるい声での制止に、

「どうして？　まだ怖い？」

問い返してくる貴臣の声は、どこかからかいを含んだように聞こえた。その言葉に返事がある前に、

「ここ、こんなに柔らかくなって、蕩《とろ》けて……俺を欲しいって言ってる」

甘い声で貴臣は続けた。それに合わせて濡れた水音が聞こえて、

「だめ…っ…あ、あ」

濡れた声で、別の意味での「だめ」を告げても、

「可愛い……このまま、食べちゃいたいくらい」

囁いてくる貴臣の声はまるで甘い毒のように、すべてを押し流そうとする。

「可愛い可愛い、かーわーいーい――ってか？」

呆れたように元彦が言い、

「毎回のことですけど、開始から二十分でまだ挿入《はい》ってないって凄いですね」

眞人が時計を確認しながら言う。

場所は地下のシアタールーム。本日の鑑賞作品は、貴臣が出演している女性向けのＡＶだ。

「よく、こんな甘ったるいセリフを真顔で吐けますよね」

追加のつまみを運んできた望も、半分感心、半分呆れた感じで言いながら、つまみを置く。

「しょうがないじゃない、そういう台本なんだし、ここで噴き出したりしたら撮り直しだしね。変な意味で真顔になるよ」

「さすがは、子宮をくすぐる男、シノザワキシン！」

元彦が笑いながら返した。

『シノザワキシン』というのが、貴臣の男優をしている時の名だ。本名の名前を音読みに変えただけだが、有名な写真家をもじったようで覚えてもらいやすいからという安直な考えで決めたらしい。

「なんだろう、そういうキャッチフレーズがついてるのは重々承知なんだけど、元彦くんに言われるとイラっとする」

望が持ってきたつまみを口に運びながら、貴臣が言う。

「ああ、分かります。この前、僕の新作のタイトルの煽り文句を音読されて、蹴りそうになりました」

同意した眞人に、

「いや、あの煽りはつい音読したわ。『今夜、夢で君と愛しあいたい』って」

覚えていたらしい煽り文句を元彦はリピートした。

「このAVもですけど、世の女性がリアルにそういうセリフを求めてるんでしょうかね？」

テレビの中では、貴臣がまだやたらと甘い言葉を囁いていて、ホントよくしゃべるな、と出て行くタイミングを逸した望はぼんやり眺めながら言った。

「そうなんじゃないですか？　女性スタッフが作ってる作品ですし、多少の差はあれどの作品も甘いセリフが多いですから」

そう返した眞人に、

「眞人くんも、甘いセリフをバンバン繰り出してくるよね。まあ、画面の向こうの恋人に向けてって態《てい》の作品だから、ある程度は仕方ないんだろうけど。よく間を持たせるなっていつも感心するよ」

貴臣が純粋に凄いと思っている様子で言い、元彦も、

「あれは、ある意味職人技っつーかな。俺は絶対できねえわ。求められることもないだろうけど、無理。それくらいなら、サービスでもうちょい腰を激しく振るとかのが全然いい」

奇妙な感心の仕方をする。

「まあ、脱がない分、リップサービスはね……」

そのまま男優三人は演技についての談義を始めそうだったので、望は、

「じゃあ、俺、風呂に入って寝ますね」

長居は無用と、そう宣言して部屋を出ようとした。その望に、

「お疲れ様、おやすみ、望くん」

貴臣は労いの言葉をかけてくる。それに続いて眞人と元彦も「おやすみなさい」「おつかれー」と声をかけてきて、望は会釈を返して部屋を出た。

元彦との和解から、四日。

元彦はシアタールームでの鑑賞会に参加するようになり、朝、望が智哉の目に触れないようにと、慌ててリビングを片付けることもなくなった。洗濯物は相変わらず放置だが、着る服がなくなれば取りに来るだろうと、もうそこは放っておくことにした。

そう決めてしまえば、いろいろなことが楽になった。

が、楽ではないことも増えた。もちろん理由はあの日の夜の、貴臣の告白だ。

完全にフリーズした望を真っすぐに見て、貴臣はこう続けたのだ。

「別に、望くんに僕のことを好きになってほしいって思ってるわけじゃないんだ。ただ、僕の気持ちがただ漏れになって、気持ち悪がられる前に言っておこうと思って」

そう言われても、望はどうしていいか分からなかった。

「えっと……、はい」

何が「はい」なのかよく分からない。

というか、言われたこともその時点では正直よく理解できていなかった。

それが表情からも分かったのか、貴臣は少し笑うと、

「とりあえず、また明日からもよろしくね」

そう言って、部屋に引きあげていった。

リビングに残された望はひとしきり呆けた後、自分が「愛の告白」という奴をされたのだという実感に襲われて、死にそうになったのだ。

――貴臣さんは、俺のこと好きなんだ。

そう意識した途端、いろんな意味でこれまでのことが思い出されて、思わず家を飛び出して自転車で夜の街を走りだしたくなった。

もちろん、そんなことはしなかったが、そうしたくなるほど落ち着かない気持ちになった。

それは顔を合わせるたびにそうで、視線が合うだけでも心臓が無駄に跳ねて、ダメだ。

さっき、シアタールームに行った時も、正直死にそうだった。

まさか貴臣の出演作を見ていると思わなかったのだ。それでもいつもの男性向けAVならまだましだっただろう。だが女性向けの、やたらと甘いセリフをバンバン放つ作品では、それが自分に向けての言葉ではないと分かっていても、耳が勝手に反応してしまっていた。

平静を装って、茶化した元彦の流れに乗ったつもりだが、変に思われなかっただろうかと心配だ。

「好きになってほしいわけじゃないとか、そう言われてもさ！」

バスタブに身を沈めながら、望は八つ当たりするように、ばしゃんと水面を叩く。

二十五年の人生の中で、望は「恋愛」というものを経験したことがない。

母親が奔放だったせいか、恋愛とは少し距離を置いてしまい、女の子が苦手だった。

中学、高校の六年間は、それでも告白されたことは何度かあったが、相手に何の感情も抱けず、当時入っていた陸上部に専念したいからと断った。就職してからは、技術を身につけるのと生きていくことに精一杯で、恋愛の入る余地などなかったのだ。

そんなわけで、恋愛とは無縁できた望は、貴臣の告白をどう受け止めていいのか分からないのだ。

分からないし、好きになってほしいわけじゃないと向こうが言っているのだから、放置でいいんじゃないかと思うのだが、顔を見ると意識してしまうし、気配を感じるだけでも落ち着かなくてダメだ。

「ああ、もう！」

八つ当たりに再び水面を叩いたが、跳ねた飛沫《しぶき》が顔にかかって、むなしい気分になる望だった。

翌朝、望が庭で洗濯物を干していると、智哉を幼稚園に送っていった貴臣が帰って来て顔を出した。

撮影は昼からのことが多く、午前中に入る仕事は打ち合わせくらいで、それもあまり早い時間に行われることはないので、幼稚園に送っていくのは貴臣の仕事だ。

少しずつ夜の撮影も受け始めた貴臣にとって、幼稚園に送っていくまでの時間が今ではゆっくりと智哉と接する貴重な時間になっていた。

「望くん、ちょっといいかな」

かけられた声に洗濯物を干す手を止め、望は振り返る。

「なんですか？」

返事をしながら、平静を保て、と望は自分に言い聞かせる。

「今日のスケジュールなんだけど、予定だと八時には帰って来られることになってるんだ。けど、ちょっとこだわりのある監督の現場だから、遅くなるかもしれなくて」

その言葉だけで言いたいことの察しはついた。

「分かりました。その場合、智哉くんはお風呂に入れて、寝かしつけておきます」

「いつもごめんね」

謝ってくる貴臣の表情はどこか甘く微笑んでいるように見えた。なんとなく、気恥ずかしくなって、

「べ…つに、大した手間ってわけでもないし…、智哉くん、いい子だし」

平静を保つように気をつけていたのに、声がどこかぶっきらぼうになってしまう。

ついでに言えばどこを見ればいいのか分からなくて――貴臣の顔は、まず見られない。恥ずかしくて――手に持っていた洗濯物に視線を落として、無駄にパンパンとしわを伸ばすように見せかけつつ叩いてみたりするが、挙動不審なのは明らかだ。

「二人っきりになっただけでそういう可愛い反応をされると、逆に萌えちゃうんだけどな」

からかうような響きの声で貴臣が言う。

「……！　用が終わったんなら、さっさと出かける準備してきてください。遅刻しますよ！」

挙動不審を見抜かれたのが恥ずかしくて、望はそう言うとぷいっと貴臣に背を向け、洗濯物干しの作業を再開しようとした。だが、その望を、貴臣は後ろから抱きしめ、

「本当、可愛くて仕方ない」

わざと耳元で囁いてくる。

望の反応を面白がっての冗談だということは分かっているのだが、密着したせいで漂ってくるコロンの香りや触れている部分に感じる体温に、望は固まった。完全に固まって身動き一つできないのに、心臓だけは暴走して、そんな体の異変についていけないのか、頭の中は真っ白だ。

口から魂が半分くらい抜けかけてるんじゃないかと思うくらいには、望は動揺の極みにいた。

「ずっとこうしてたいけど……さすがに遅刻しちゃうのはね」

貴臣は笑って言うと、そっと離れた。

「もし遅くなったら、智哉のこと頼むね」

後ろから、軽く望の頭をぽんぽんと撫でてから離れていく。

貴臣の気配が裏庭からなくなり、望はへなへなとその場に座り込んだ。

「ほんっと…タチ悪い……」

ついた悪態すら、声が震えていて、望はそんな自分に忌々《いまいま》しい気持ちになりつつ、作業を再開した。

洗濯物を干し終えた望が家の中に戻ってきて、室内の掃除に取り掛かる前にお茶で一息ついている

と、パジャマ姿の眞人がダイニングに入ってきた。

「おはようございます、ご飯の準備しますね」

いつもは貴臣たちが食べ終えるのと入れ替わりに朝食を取る眞人だが、今朝、ダイニングテーブルの上に「仕事のスケジュールが変更になったので、少し遅くまで寝ています」とメモが置いてあった。何時に起きてくる、とまでは書いていなかったので、準備だけしておいたのだ。

レンジを使ったり、火を入れ直したりして温め直した食事を出し、眞人が食べ始めるのを見ながら、お茶を淹れようとしていると、

「そういえば、望くん」

不意に話しかけてきた。

「なんでしょうか？」

「望くんって、貴臣といい仲なんですか？」

ド直球な問いが剛速球で飛んできて、望は急須を落としそうになった。

「は…ぇ…、え、何…え？　何で、そん…っ……」

「とりあえず急須を置きましょうか。口からお茶が零れてきてますよ」

動揺して手が震えていたらしく、指摘通り机の上に急須の口からお茶が零れてきていた。

それに、はっとしてとりあえず急須は置いたが、動揺は収まらなかった。

「まあ、その様子から見て、いい仲というのは当たらずとも遠からず、と言ったところかと思いますけど……。この塩じゃけ、塩の加減がちょうどですね。身も柔らかで」

「生鮭を買ってきて塩は家で……。っていうか、いい仲とか、別にそんな、なんで……」

眞人がいるところで、そんな風に見えるようなことは何もしていなかったというか、怪しまれるようなことは一切なかった…と思いたい。

それともちょっとしたぎこちなさから勘づかれたのだろうか？

眞人ならあり得る気もしたが、見抜かれるくらいに挙動不審がだだ漏れていたのかと思っていると、

「さっき、物干し場でいちゃついてるのが見えたんですよ。あそこ、僕の部屋の窓の下ですし」

眞人はさらりと言った。確かに、眞人の部屋の窓からあの場所は丸見えだ。

「えっと、別にその、あれはヘンな意味とかじゃなくて、冗談っていうか」

望はなんとかしてごまかそうとするが、まさか見られていたなどと思っていなかったため、うまい言い訳は浮かんでこなかった。

「冗談だと分かっていて腰くだけになるほど、貴臣の抱擁が情熱的だったのか、望くんが初心《うぶ》なのか分かりかねますけれど」

どうやらその後、座りこんだところまで見られていたらしい。

「勝手に想像をするなら、貴臣が望くんに想いを寄せてるというところでしょうか。望くんも戸惑ってはいるけれど、憎からず思っているというような」

眞人はそこまで言って味噌汁を一口飲んだ。ああ、やっぱりおいしい、などと感想を述べた後、

「いつ、告白されました？　出て行く、出て行かないの騒ぎの後だとは思いますけど」

しれっと詳しく聞いてくる。どこまで悟られてるんだろうかと思いつつ、ヘタに隠したら余計にいろいろ聞かれるかもしれないと判断して、望は口を開いた。

「祖母が来た夜、リビングで洗濯物を畳んでる時に」

「望くんの残留が決まってすぐじゃないですか。よっぽど貴臣は焦ってたんですね。焦りついでに、キスくらいはされました？」

「されてません！　っていうか、別に、好きになってほしいとは思ってないって……」

「告白しておいて、好きになってほしいとは思ってないなんて、矛盾してますね」

「……勘づかれる前に、先に言っておく、みたいなそんな感じでした」

そう言った望に、眞人はしばし考えるような様子の間を置いた後、

「で、告白をされたものの、どう受け止めたものか戸惑っている、というところですか？　見たところ、望くんは晩熟《おくて》のようですし」

そのままずばりを言い当ててきた。

「普通、戸惑います。男の人に告白とかされたら……」

「戸惑っているだけで、気持ち悪いとか嫌だとかは思ってないんでしょう？　思ってたら後ろから抱きつかれてじっとなんかしてませんしね」

眞人は客観的な意見を述べてきて、望はうなだれる。

そう、確かに嫌だとか、そんな風には思っていない。

思っていない自分が、ちょっと問題なんじゃないかとすら思うくらいに、嫌じゃない。

だからといって積極的に好きかと言われると分からないのだ。

「貴臣はバツイチとはいえ、彼自身は人間的に問題があるわけでもありませんし、客観的に見てもいい男だと思いますよ。望くんに抵抗がなければつきあってもいいんじゃないですか？」

「つきあうって……」

とんでもないことを、なんでもないことのように言ってのけるのは眞人の常だが、戸惑わずにはいられない。しかし、そんな望に眞人は、

「まあ、モザイクの取れた貴臣の商売道具は立派すぎますから、後ろの貞操は大事にした方がいいと思いますけれどね」

そう付けたすと、箸を置き、手を合わせて「ごちそうさま」と行儀よく言って席を立つ。

話しながらもしっかりとご飯を食べていた眞人は、綺麗に全てを平らげていた。

「お粗末さまでした……」

いつものセリフを茫然と繰り返し、眞人を見送った後、

――うしろのていそう？

言われた言葉を反芻《はんすう》した望は、その意味がやっと分かって目を見開いた。

「ちょ……！　うし…、え、ちょ！」

ぎゃ――――！　と叫びだしたい気分になりながら、望は床にへたりこんだ。

その夜、結局予定通りの時間に貴臣は帰ってこなかった。

智哉は事前予定通りに望が風呂に入れ、今日は望の部屋で絵本を読みながら寝かしつけた。

今日の絵本は『おむすびころりん』とお気に入りの『金の斧銀の斧』だった。

二冊目の途中で智哉は眠ってしまったが、すぐに抱きあげて部屋に運ぶと起きてしまうのでしばらくの間、望はその可愛らしい寝顔を見つめていた。しかし、傍らに温かなぬくもりがあるというのは

心地がよくて、それから少し疲れていたのもあって、望はうとうととし始めた。

「ののちゃん、おにぎりまんまる」

ふっと気がつくと外でレジャーシートを敷いて、智哉とおにぎりを食べていた。『あれ？　今俺何してたっけ？』と疑問に思ったが、智哉は嬉しそうだったので、一緒におにぎりを食べる。

智哉の膝の上には他にも真ん丸なおにぎりらしきものがあるが、そのうちの一つが膝の上から落ち、どう見ても平面に見える地面を転がっていった。

そのおにぎりの転がっていく先には穴——ではなく、なぜか泉があった。

展開に珍妙さを覚えつつ、おにぎりを追い掛けたが、おにぎりは泉にぽちゃん、と落ちた。

すると、その泉に突然ドライアイスのような煙が湧き起こり、

「そこのきこり」

泉の中から現れたのは、眞人だった。

「いや、きこりじゃないですけど。そんで、何やってるんですか、眞人さん」

「細かいことは気にしなくていいです。それより、今落としたのは、この金のチ○コですか？　それともこの銀のチン○ですか？」

そう言った眞人の右手には、金粉ショーにでも出るのかと言いたいくらいに全身金色の全裸の貴臣が、左手には銀色に輝くやはり全裸の貴臣がいた。

「いや、それ、貴臣さんでしょ？　っていうか、なんで金と銀で伏せる場所変えてんの？　台無し！」

正直、眞人の口から性器の名称はあまり聞きたくなかった。

眞人ならさらりと言うだろうとは思っていたが、聞きたくなかった。

――っていうか、貴臣さんをチンコそのもの呼ばわりすんの、どうかと思う。

そんな望の気持など全く無視で、

「どっちの○ンコなんです？」

眞人は回答を迫ってくる。

「だから、伏せる場所！　それから、どっちも落としてないし！　そもそも落としたのおにぎりだし」

答えてからハッとした。ハッとしたが、

「正直者ですね。そんな正直者の望くんには、両方さしあげましょう」

もう遅かった。

「やあ、望くん。正直者の望くんには二人で奉仕するよ」

気がつけば金と銀の全裸の貴臣に両腕をしっかり取られて、つい見てしまった股間にはシェアハウスに来た初日にうっかり目にした、平常時でさえ御立派な貴臣の貴臣が鎮座していて――


「ちょ！　奉仕とか……っ！」

ハッとして目を開いた望は、一瞬自分の置かれた状況が分からなかったが、そこは自分の部屋だった。傍らでは智哉がスヤスヤと眠っていて、自分の手元には智哉に読んでいた二冊の絵本。

「夢……。つか、なんて夢だよ」

二冊の絵本の内容がリミックスされたにしても酷すぎる。

しかも、妙にいろいろリアルで、ほんの数分うたた寝していただけだというのに、疲れた。

「……もう、このまんま朝までここで寝てもらおう……」

本当なら、智哉を抱き上げて二階の部屋に寝かし直すのだが、疲れのせいでそんな気になれずこのまま一緒に寝てしまうことにした。前にもあったことなので貴臣も心配しないだろう。

「さっきの続きとか、そんなのは見ませんように……」

ささやかな祈りを捧げ、望は部屋の電気を消して目を閉じた。

◇◆◇

「じゃあ、行ってくるね」

「……いってきます…」

幼稚園に行く智哉を、いつものように望は見送る。最初の頃はぎこちない様子で望を見て手を小さく振って挨拶していた智哉も、最近はすっかり普通だ…と思う。

幼稚園のお迎えに行っても、望の姿を見ると少し笑顔を見せてくれるようになった。

智哉はこうして望に慣れてくれているのだが、その望は逆にぎこちなくなっていた。

無論、貴臣に対して、だ。

「ああ、そうだ。望くん」

ドアを開け、出て行きかけた貴臣が足を止めて振り返る。

「はいっ？」

完全に安心していた望は、不意打ちを食らって素っ頓狂な声を出した。

「ごめん、驚かせた？　智哉が遊園地に連れて行ってもらうのって、今日だよね？」

確認してきた内容に望は頷いた。幼稚園の友達――最初に幼稚園の近くのスーパーに案内してくれた北詰祐斗親子と、もうひと組の親子が、地元の小さな遊園地のタダ券をもらったから、梅雨入りする前に遊びに行こうと思うんだけどと、智哉を誘ってくれたのだ。

小さな遊園地とはいえ、週末は混む。だが、小さな遊園地ゆえに平日の午後から行けば一通りの遊具に乗っても、夕方には帰ってこられるのだ。

保護者として望がついて行くべきかどうか悩んだのだが、どちらもついて行くのは母親だし、女親同士の会話に入るのは多少気が引けた。それに、北詰たちは夫には外食してくるように頼み、自分たちもファミレスで夕食を済ませるつもりらしい。しかし望はそういうわけにはいかない――という事情を汲み取ってくれて、智哉だけを連れて行ってくれることになったのだ。

人見知りの強い智哉が嫌がれば断るつもりだったが、幼稚園でもいつも一緒に遊んでくれる祐斗に誘われて、行くことにしたらしい。

「お迎えの時に、お弁当を渡して送り出す予定です」

何もしないで任せっきりにするのも申し訳がないので、五人分のお弁当は望が準備することにした。かえって申し訳がないと言われたが、それくらいはさせてくださいと申し出たのだ。

「お弁当、楽しみにしてててね」

望が言うと、智哉はうん、と頷いた。

「よかったね、智哉。じゃあ、行ってきます」

再度、言った貴臣を今度こそ送り出して、望は台所に戻る。

「まったく何の進展もなさそうですね」

そう言ったのは、ダイニングでまだ朝食中の、雑な伏せ字の泉の女神——眞人だった。

「何がですか」

「あなたと貴臣ですよ。まるで中学生の恋愛を見せられてる気分です」

「れ…恋愛とか……！　別にそういうんじゃ…！」

呆れを半分ほど含んだ声で返してくる眞人に、望は過剰に反応してしまう。

「でも、意識はしてるでしょう？　顔もじっと見られない程度には」

しれっと言ってくるがそれもこれも眞人のせいだ。眞人が後ろの貞操がどうとか言ったり、夢の中で金と銀の全裸の貴臣を連れてきたりしなければ、まだもう少しましだったはずなのだ。

「そのうち、落ち着きます……多分」

返した望に眞人はただ微笑んで、ごちそうさまでした、と席を立つ。

——だってしょうがないじゃん！　恋愛とか、意味分かんないし！

芸能人を見て、可愛いなとか綺麗だなとか、そういう憧れる感じで好きだと思うくらいなら分かるのだが、それは別世界の人間に対してだから、ある意味「あり得ない」がゆえの安心感で気軽に好きとか言えるんじゃないかと思う。

まさか相手が、イケメンでイケボで優しいいい人とは言え、男となると想定外だし、

「広い意味で芸能人じゃん……」

あり得ないのダブルコンボだ。恋愛初心者の望にとっては、超ハードモードなんじゃないかと思う。

「……お弁当作ろ…」

答えを出すつもりのない望は、弁当作りという都合のいい逃避行動を始めた。

現実逃避の矛先になった弁当はかなりいい出来で、それを持って、いつものお迎え時間に幼稚園に行き、北詰に渡すのと同時に智哉の幼稚園カバンを預かって帰ってきた。

智哉を一人で行かせることに不安がないわけではなかったが、貴臣もＯＫしたことだし、北詰たちは信頼できる相手だ。子供たちを見ても、いつも大体三人で一緒にいて仲良しなので、大丈夫だろう。

「じゃあ、行ってらっしゃい」

もう一人の保護者が出してくれた車に乗り込み、出かけていく智哉を見送った望は、今日は一人でスーパーによって帰った。家に智哉がいないというのは、望が来てから初めてのことで、落ち着かない気持ちになりながら望は家事に没頭する。

二時過ぎに、打ち合わせに出ていた眞人が、四時前には貴臣が帰ってきた。

「智哉はまだ？」

迎えに出た望に問う顔は父親そのものだ。

「まだです。メールが来て、予定では六時頃にって。あと、智哉くんの写真を送ってくれました」

望は携帯電話を取り出し、北詰から送られた写真を貴臣に見せる。

友達と三人で弁当を食べている智哉と、遊園地のキャラクターの着ぐるみと並んでいる二枚だ。

「楽しそうでよかった……。それにしても随分豪華なお弁当を作ってくれたんだね」

貴臣の言葉に、現実逃避でいい仕事ができました、とは言えず、

「智哉くんが喜ぶかなと思ったら、自然とこんな感じに」

もちろん、智哉に喜んでもらいたくて作ったのは事実なので、そっちのみを告げた形だ。

北詰のメールには「お弁当が凄すぎて、完全にエビで鯛を釣ってしまった！　しかも超おいしい！

今度お料理教えて！」と書かれていた。どうやら北詰たちにも喜んでもらえたらしく、智哉を任せきりにしてしまうことを気にしていた望は、ほっとした。

「本当に望くんには世話をかけるね」

貴臣はそう言って優しく微笑みかけてくる。

それは、父親の顔ではなくなっていて、途端に望の心臓が無駄に跳ね出した。

「別に、世話をかけられてるとかは……お仕事、だし」

悟られまいとして、ついぶっきらぼうな口調になってしまう。

「でも、助かってるよ。智哉はよく口内炎を作ってたけど、望くんのご飯を食べるようになってからできなくなったし、僕も前は朝がつらい時とかあったけど最近はすこぶる体調がいいしね」

「それは……何よりです」

笑顔が眩しくて、思わず俯いてしまう。そんな望に、貴臣が少し笑った気配がした。

「可愛いなぁ……」

言って、望の頭を少し乱暴に、髪を掻き混ぜるようにして撫でると、望が口を開くより先にリビングへと向かっていった。

撫でられた手の感触が妙に残って、望はそっと小さく息を吐いた。

◇◆◇

智哉が帰ってきたのは六時過ぎだった。台所で夕食の支度をしていた望と、リビングで雑誌を見ていた貴臣は揃って迎えに出たのだが、北詰と並んで門扉の前に立っていた智哉の姿に目を丸くした。

「……おかえり…、なんか、物凄く精巧なぬいぐるみ抱っこしてるけど」

「うん。よくできてるね。動くし」

望と貴臣は、智哉が抱いている仔犬に目を釘付けにして呟いた。

その呟きに、北詰が申し訳なさそうに説明を始めた。

「捨て犬らしいんです。遊園地の敷地内に入り込むことがよくあるらしくて。智哉くんに懐いて、どうしてもついて来てしまって、智哉くんも離れがたい様子で途中からアトラクションにも乗らないでずっと抱っこしてて。おうちには連れて帰れないって説得したんですけど……聞き入れてくれなくて」

北詰が説明する間中、智哉は縋《すが》るような目で望と貴臣を見上げていた。

貴臣は仕方がないなぁ、とでもいうように小さく息を吐くと、

「意外と、頑固なところがありますから。今日はありがとうございました。智哉、ありがとう、は?」

言外に後はこちらで、と北詰に匂わせて、智哉に礼を言うように促す。

「…あり、がと……」

「また、明日ね。本当にすみません、じゃあ、失礼します」

北詰はそう言うと、車に乗り込んだ。車の窓から進展を見守っていた祐斗たちが、「ともやくん、ばいばーい」と元気に手を振りながら、遠ざかっていく。

「智哉、おかえり。とりあえず家に入ろうか」

敢えて犬のことには触れず、貴臣は家へと促す。そしてリビングに戻ってきたのだが、正直、望も貴臣もどうしていいか分からなかった。

ソファーに座しても、智哉は仔犬を膝に置いたままで、仔犬も大人しくしている。

「……ずっとこの様子だとしたら、確かに離しがたいですよね」

「うん、同じことを考えてた」

とはいえ、どうするか、が問題だ。ここはシェアハウスで、三人だけの問題ではないからだ。

その時、二階の自室に戻っていた眞人が智哉が帰ってきた気配を感じて下りてきたのだが、リビングに姿を見せた眞人は、おかえりなさい、という前に、

「…犬……」

智哉の膝の上の犬に気付いて、固まった。

「捨て犬らしいんだけど…智哉が連れて帰ってきちゃって」

申し訳なさそうに説明した貴臣に、眞人は、はあ、とどこか気の抜けたような返事をした後、智哉の向かいに腰を下ろした。

「犬、飼ったことあります？　僕、インコしか飼ったことないんですよね」

仔犬を見ながら、眞人は望と貴臣に聞く。

「いえ、俺は金魚だけ」

「僕は動物は全然」

望と貴臣はそれぞれに返す。

「このくらいのサイズの犬って、何を食べるんでしょうね？　まだミルクか何かなんでしょうか？」

「生まれてどのくらいかって見当もつかないね……。そもそも、何犬なんだろう？」

「捨て犬らしいってことだから、雑種って可能性が高いと思いますけど……なんか、飼う前提で話進んでませんか？」

望は首を傾げつつ眞人に問い返した。それに眞人は、

「僕は別にかまいませんよ。といっても、飼育に関してはノータッチになると思いますけど、飼いたいなら別に……。ただ、部屋を汚したりはしないようにしてくれれば」

あっさりと飼育を許可した。

「じゃあ、あとは元彦くんの許可だけか……」

思案顔で貴臣が呟いた時、その元彦の車が駐車場に入ってくる音が聞こえた。そしてほどなくリビングに姿を現した元彦は、智哉の膝の上に大人しく鎮座したままの犬に、驚いた顔をしつつ聞いた。

「犬、どうした、飼うのか？」

「捨て犬らしいんだけど、智哉が拾ってきちゃって」

大ざっぱに貴臣が説明する。

「へぇ……。そいつ、でっかくなりそうだから、飼うならちゃんと躾けた方がいいぞ」

仔犬を見やったまま、さらりと元彦は言った。

「え…大きくなるって、犬種とか分かるの？」

「正確な犬種は分かんねぇよ。ミックス犬っぽいしな。けど、足太いから大型犬の血が入ってそうだ」

貴臣の問いに、元彦は仔犬の簡単な見立てを述べる。

「犬、詳しそうですね。飼ってたんですか？」

意外な気がしつつ望が聞くと、元彦は頷いた。

「ああ、実家じゃずっと飼ってた。それに、俺の母親、トリマーだからな」

「トリマーって、犬の美容師さん、だっけ？」

「そう。だから見るだけなら、いろんな犬は見てる。飼ってたのはゴールデンと、母親のカット練習に長毛種の小型犬だな」

犬の飼育経験があり、なおかつ身内に犬の扱いに長けたプロがいると分かり、全員の元彦を見る目が変わった。

「元彦、その仔犬、生まれてどのくらいか分かりますか？」

眞人が問うと、元彦は智哉に近づき、ちょっといいか、と了解を取ってから犬を抱き上げる。そして、歯の生え方を確認して言った。

「正確なことは分かんねぇけど、二カ月くらいじゃねぇか？」

「それくらいだと、もうご飯あげてもいいんですか？」

「ああ。つか、こいつ水飲ませてやれよ。大人しいっつーか、ちょっとぐったりしてねぇか？」

その言葉で慌てて水の準備をし、後はとりあえずの犬小屋として捨てるために潰してあったダンボールから適当な大きさの物を組み立て直し、そこにウェス用に置いてあった古いバスタオルを敷いた。

ダンボールハウスに落ち着いた仔犬を見ながら、智哉は貴臣を見た。

「わんわん、かっていいの？」

「ああ。眞人くんも元彦くんもいいって。ありがとうって言わないとね」

貴臣に促され、智哉は眞人と元彦に「ありがと……」と小さく言って、ぺこりと頭を下げた。

その様子に眞人は微笑み、元彦はおう、と返した後、

「こいつの飯、準備してやんねぇとな。今ならペットショップまだ開いてんだろ。買ってくる」

そう言って再び玄関に向かおうとした。

「元彦くん、お金」

「帰ってから精算でかまわねぇ。ちょっと行ってくるわ」

後ろ手に手を振って、出て行った。

「智哉くん、よかったね」

望が言うと、智哉は安堵したような笑顔で頷いて、ダンボールの中の仔犬に手を伸ばし撫でた。

「いっしょ……」

その様子を大人三人は癒される気持ちで見ていたのだった。


さて、犬を飼うと言っても基本的に世話をすることになるのは望だ。

「獣医さんで一通りの検査を受けて、それから、遊園地の近くの交番に問い合わせ、と……」

夜、地下のシアタールームに向かうために下りてきた元彦を呼び止め、望はリビングで犬の飼い方などについての詳しいことを聞いてメモを取っていた。

「しばらくの間だけでも野良生活だったんなら、変なもん食って虫がいる可能性もあるからな」

元彦は言いながら、ダンボールハウスでスヤスヤお休み中の仔犬を撫でる。元彦が買ってきたペットフードも綺麗に平らげて、見た目には健康そうだが、それだけでは分からない部分も多いらしい。

「散歩とかは……？」

「今は裏庭で遊ばせる程度でいいんじゃねぇか。そのあたりも獣医に聞いた方が確実だぞ」

「それもそうですね……そうします」

返しながら、明日やること、聞くことなど、書いたメモを確認する望に、元彦は、

「そんでおまえ、貴臣といいカンケーだって？」

何の脈絡もなく聞いてきて、望は錯乱した。

「ちょっ！　な…なな、何、どこから……」

その慌て様で、元彦は察したような顔をした。

「ちょっと前、眞人からメールがきた。添付画像付きで」

ほら、と元彦は携帯電話を取り出し、印籠を掲げるかのごとく望に見せた。

携帯電話の画面には、二階の窓から撮ったと思われる、物干し場で望が貴臣に後ろから抱きしめられている画像が映し出されていて、望は「ひっ」と絶句した。

見られていたのは眞人に聞いたから知っていたが、まさか写真まであるとは思っていなかった。

完全に動揺して、固まってしまった望に、

「貴臣はいい奴だし、商売柄、床上手だから安心していいと思う」

そう言うと立ち上がり「獣医は早めに行っとけよ」と念押しして、地下のシアタールームへとリビ

ングを出て行った。だが、リビングに残された望は、不意打ちすぎる攻撃にＨＰがゼロになったゲームの主人公のように床に倒れ込んだ。

――商売柄、床上手だから安心していいと思う――

元彦のセリフが脳内に蘇ったが、

――安心できるか……！

むしろ不安でしかない。

というかまだ恋愛として成立すらしていないのに、なぜそっち方面に真っ先に話が行くのかと思う。

それより何より、眞人と元彦にも知られているとなると、正直物凄く居心地が悪い。

――俺、明日からどうすりゃいいんだよ……。

目を閉じ、怠惰に倒れ込んだままでいると、智哉を寝かしつけ終えた貴臣がリビングにやってきた。

倒れ込んでいる望を見つけた貴臣は慌てて近づき、膝をつくと、望の様子を覗きこんだ。

「望くん、どうしたの？　どこか具合悪い？」

その声に目を開けた望は、思いのほか間近に迫っていた貴臣の顔に真っ赤になった。

「だ…っ…だいじょ……だいじょぶ…」

大丈夫、と言いたいのに、パニックで言語回路が混線したのか、舌がうまく回らなかった。

その望の反応に、貴臣は一瞬何かを堪えるような表情になると、

「ちょっとだけ、ごめん！」

謝ったかと思うと、倒れ込んだ望の背中に手を回し、そのまま抱きしめた。

「ひゃ……」

まさかの展開に望は思わず声を漏らしたが、それは喉に張り付いたような声にしかならなかった。

——ちょ…ヤバイ、心臓……。

バクバクと凄い速さで心臓が脈打っているのが分かる。

——ちょっとは落ち着けって！

自分に言い聞かせてみるが、体が触れている場所から伝わる体温やほのかに香るシャンプーの香り、背中に回された強い腕の感触が心地よくて、抵抗する気など欠片《かけら》も出てこなかった。

が。

ほんの少し、その状況に慣れたというか落ち着いた瞬間、望はあることに気付いた。

貴臣の商売道具が、自分の腿に触れているのに。

——モザイクの取れた貴臣の商売道具は立派すぎますから——

——商売柄、床上手だから——

脳内に眞人と元彦のセリフが蘇るのと同時に、うっかり目にした平常時の貴臣の貴臣と、モザイクのかかった臨戦態勢の貴臣の貴臣の様子が脳内を駆け巡る。

——ちょっと、これ、まだ平常時、だよな？

にもかかわらず、感じる質感は、確かに御立派で。

モザイクの下の臨戦時はさらに御立派に成長あそばしているのだろうと意味の分からない尊敬語で思うのと同時に、

——確実に後ろは無事ですまない……。

もしもの時のことをリアルに自覚して、望は静かにパニックの極みに陥っていたのだった。

7

「もう…待てません」

ベッドに横たわる貴臣に馬乗りになり、貴臣を見下ろした望は、貴臣が纏《まと》っているパジャマのボタンに手をかけた。

「朝から随分、積極的だね」

甘い声で貴臣は言いながら、されるがままになる。が、

「そういうこと悠長に言ってる余裕があるなら自分で脱げって話ですよ。昨夜、帰るのが遅かったから最後に回してあげましたけど、もうすぐ九時ですからね！」

望は言いながらベッドの上に立ち上がると、

「さっさと起きてください！　シーツも取っ払って洗いますから！」

半分脱げかかったパジャマの貴臣を、ベッド下に蹴落とそうとする。

「もう、酷いなぁ……」

困ったような顔で笑いながら、貴臣は起き上がる。

梅雨の時季に入り、このところ連日雨だった。洗濯機には乾燥機能までついているので、雨でも問題はないのだが、天日干し派の望にとって、今日は待ちに待った梅雨の晴れ間の洗濯日和《びより》なのだ。

天気予報などから、今日の晴れを確信していた望は全員に、明日は朝からシーツなども一斉に洗濯する、と通達しており、その通達どおりに、惰眠を貪《むさぼ》っている貴臣に追い剝ぎをしかけたのである。

「ぱぱ、おきがえ、はい」

すでに起きて、望によって着替えを終えていた智哉が貴臣に着替えの服を差し出す。

「智哉くん、パパがお着替え終わったら、パパが着てたパジャマを持って一緒に下に来てくれるかな」

ベッドから剝いだシーツを手にした望がにこやかに言うと、智哉は頷いた。その智哉にまた後でね、と言い残して望は部屋を出て行く。

そして、五分ほどおいて貴臣と智哉がリビングに下りてくると、ソファーには着替えを終えて優雅に朝のコーヒーを楽しんでいる眞人と、その隣にパン一のまま犬を抱いている元彦がいた。

「おはよう……。元彦くん、どうしたの？　裸で」

真っ先に貴臣が聞いたのはそれだ。

「望に追い剝ぎにあった……」

「それは僕もだけど、着替えは？」

何も裸でいることはないだろう、と思って、昨日の夜はまだリビングに積み上げてあった元彦の洗濯済みの服を探したが、いつもの場所にはなかった。

そこに台所で貴臣の朝食の準備を整えた望がやってきた。

「ケージを脱走したわんわんが、起きたら山を崩して遊んでいて、ついでに粗相をしてて、微妙に全滅ちっくだったんで、洗い直し中です」

「他に服、ないの？」

「タンスが空っぽだから、今日、持ってくつもりしてたんだよ……」

がくりとうなだれ、元彦が返す。

「それで、智哉くんからわんわんを借りて、暖を取ってるんですよ。僕のも望くんのも、服のサイズが合いませんから」

コーヒーカップをテーブルに置いた眞人が言う。朝からの追い剝ぎはもちろん眞人にも及んでいたのだが、望の事前通達で眞人は前夜の内にシーツを交換して、それ以外の洗濯してもらう物とまとめて部屋の外に置いていたので、眞人はいつも通りの目覚めだった。

元彦は朝から準備すればいいなどと高をくくっていたが、寝坊し、望の追い剝ぎで起こされたのだ。

「……僕の服、貸すよ」

元彦の方ががっしりしているとはいえ、貴臣の服なら許容範囲だろう。

「悪ぃな。仕事行くまでには、乾かしてくれるっつってるから……」

「これに懲りて、さっさと服を持っていくことを覚えるといいですよ」

「いつも持っていこうとは思ってんだよなぁ……。けど、つい忘れちまう」

しれっという眞人に、悩ましげに元彦は返した。

「だったら、俺に部屋に運んどいてくれって頼めばいいじゃないですか。部屋に勝手に入るなっていうから、放ってありますけど、お願いしてくれるなら持っていきますよ？」

望が多少呆れた様子で言うと、元彦は目を見開いた。

「え……？　いいのか？」

望がここに来た時に決まった幾つかのルールの内の一つが「勝手に部屋に入らないこと」だった。

もともと眞人が言いだしたことで、じゃあ俺も、と乗っかったのは元彦だ。貴臣は智哉のことがあるので、基本的にはＮＧだが智哉に関したことで必要な時にはＯＫということになっていた。

「……じゃあ、頼む」

望は分かりました、と頷いてから、貴臣を見た。

「貴臣さん、朝食の準備できてますから、食べてください。智哉くんはもう済んでます」

「あ、そうなんだ？」

「わんわんも、ごはん、たべたの」

智哉が報告する。犬は獣医の診察の結果、何の問題もなく、遊園地近くの交番の何箇所かに問い合わせもしたが、誰かが名乗りをあげてくるということもなく、三日前に正式に飼うことに決まった。

それまでは無駄になるかもしれないからと、ダンボールとワイヤーネットで簡易的に作ったケージに住まわせていたが、簡易ゆえにちょくちょく脱走してくれていた。正式に飼うことになり、今度誰かが休みの時にケージを買いに行くことになっていたが、間にあわず今朝の惨劇につながったのだ。

「智哉くんが、あげてくれたんだよね。そういうわけで貴臣さんも、ご飯どうぞ」

「うん。でも、その前に元彦くんに服、持ってくるよ」

再度食事を促した望に、貴臣はそう返して、部屋に戻っていった。

「ののちゃん……、わんわんとおにわ、いきたい」

貴臣が二階に向かうと、智哉がお伺いを立ててきた。

「裏のお庭？　いいよ」

望が許可を出すと、智哉は元彦の許に行き、「わんわん、いい？」とカイロ替わりの犬を連れていっていいか問う。元彦はもうすぐ貴臣が服を持ってくるので、犬を智哉に渡した。

「お部屋に戻る時は、教えてね。わんわんの足を拭かないといけないから」

望が言うと、智哉は頷いて犬と一緒に裏の勝手口へと向かった。

「あーぁ、しっかし眠い……」

眠気を振り払うようにソファーから立ち上がった元彦は伸びをする。

「だから、僕みたいに昨夜の内に準備しとけばよかったんですよ」

唯一の優等生っぷりだった眞人に、望は頷いたが、

「しかも、着てるパジャマまで剝いでくって、どんな仕打ちだよ」

貴臣と同じく追い剝ぎにあった元彦はぼやく。

「いいじゃないですか、観賞に耐えうるイイ体なんですから」

望がさらりと褒めると、元彦は気をよくしたらしく、軽くポージングを決めた。

「メインは女優っつっても、映る以上はたるんだ体してらんねぇからな」

男優にもいろいろなタイプがいるが、元彦と貴臣は映像として残る以上はきちんと仕上げた体で、と考えるタイプで、それなりにちゃんと節制しているし、サプリメントなども取っている。

もっとストイックな男優は、アルコールの摂取なども制限したりしている様子だが、元彦はアルコールを制限した方がモチベーションが保てないらしい。

「おまえもちょっと鍛えた方がいいんじゃねぇか？　プロテイン飲め。あと、亜鉛もオトコの能力的に取っといた方がいいぞ」

望の腕を摑んで元彦は言う。

「俺、そんなガリでもないですよ。どっちかっていうと眞人さんの方が身長のわりに細すぎるんじゃないですか？」

「一応、鍛えてますよ、僕も。女の子好みに、ですけど」

望の視線に、眞人はふっと笑って着ていたシャツのボタンを外すと、前をはだける。

そこに現れたのは、しなやかに鍛えられた綺麗な体だった。

「意外……」

「これ以上は顔とミスマッチになるって言われるので、このあたりで保っていますけどね」

眞人はそう言った後、ニコリと笑った。

「で、望くんは？」

「いや、俺はお見せするほどじゃないっていうか」

逃げ腰になった望だが、眞人に強く腕を引かれたところを、元彦に押されてソファーに倒れ込んだ。

「僕の体をただで見て逃げようなんて、させるわけがないでしょう？」

即座にのしかかってきた眞人の手が、望のTシャツをたくしあげる。

「ちょっと、待ってくださいって」

「抵抗するなら、本気で全部脱がせにかかりますよ」

慌てる望に、さらりと物騒なことを眞人は言い、

「うわー、男同士の絡みなのに百合百合《ゆりゆり》しいってどういうことだよ」

望と眞人を面白がって見ている元彦は呑気に言う。

「百合って！　ちょっと、眞人さんTシャツが伸びるから！」

完全にマウントポジションを取った眞人が、無理にTシャツを脱がせようと引っ張る。

「だったら、手間をかけさせないでさっさと脱いでください」

「この時点でほぼ脱げてるからいいじゃないですか……！」

望がそう返した時、

「元彦くん、このスウェットで……ちょっと、何やってるんだい！」

元彦の着替えを取りに行っていた貴臣が、上半身をほぼ脱がされている望の姿を見て声を上げた。

「何って、こいつがどんな体してんのか見せてもらおうと思って」

「思ったほどガリヒョロってわけでもありませんし、緩んだ体ってわけでもないですけど、全体的にもう少し筋肉が欲しいですね」

元彦の言葉に続いて、眞人は望の脇腹から胸にかけて指を滑らせ「特にこのあたり」と指定する。

「ちょっと最近、筋肉落ちちゃったんですよね。店の時は仕入れでなんだかんだ重い荷物持ったりしてたんでウエイトトレーニングになってたんですけど……」

ご指摘ごもっとも、と呑気に返した望だったが、

「もう、いいから……早く服、戻して……」

片手で目を覆い、貴臣が言う。心なしか、頬が赤い気がした。

「天下のシノザワキシンが、いくら画面《えづら》が百合っぽいからって野郎の半裸でそういう反応すんなって」

からかう元彦に貴臣はスウェットを突きだす。

「いいから、望くん、早く服を戻して。元彦くんはさっさとこれを着て」

貴臣は望から目を背けたまま、言う。

「そういう反応しないで下さい、逆に怖い！」

望は乱暴のTシャツを押し下げて元に戻し、眞人も望の上からどきながら呆れた様子で言った。

「今時の中学生でも、そんな初心な反応しませんよ?」

「そうは言うけど、驚いたのもあるからね?」

「こっちはおまえのその反応に驚いたわ」

逆ギレ気味の貴臣に元彦は渡されたスウェットを着ながら返す。その時、洗濯機の停止を知らせる音が聞こえ、

「さっきも言いましたけど、ご飯準備済みなんで、さっさと食べてください。お味噌汁は冷めちゃったかもなんで、温め直してくださいね」

そう貴臣に言い渡し、望は本日四回目の洗濯をしに向かった。

残った三人は、朝食を食べる貴臣についてダイニングに移動したのだが、

「貴臣は本気で望くんのこと好きなんですね」

呆れと感心を含んだ声で、眞人が言った。

「……自分でも、驚いてるよ」

自嘲めいた表情で貴臣は返す。

「その割に、何の進展もねぇよな。おまえの手練手管なら、イチコロだろ? さっさとやっちまえよ」

あけすけな物言いをする元彦に、貴臣は苦笑して頭を横に振った。

「無理だよ、それは」

その返事は意外だったのか、少し驚いた様子で眞人は聞いた。

「……もしかしてバツイチだってこと、気にしてるんですか?」

それくらいしか心当たりがなかったのだが、貴臣の返事はノーだった。

「そのことは引きずってないよ。バツイチも、個人的には特に引け目に感じてるわけじゃない。でも、望くんは普通の子だからね。望くんの気持ちが定まらないうちは、不用意なことはしたくないんだ」

「慎重だなぁ。俺ならやっちまってるわ。一緒に住んでんだし、チャンスはいくらでもあるからな」

元彦の言葉に、眞人は、

「それはそれでどうかと思いますけど……、まあ慎重すぎるのもね。何の進展もないまま終わる可能性だってありますよ。望くんにはできる限り長くここにいてほしいと思ってますけれど、こちらの願う通りにここにいてくれる保証なんてありませんからね」

そう言い、少し間を置いて続けた。

「見たところ、望くんは貴臣に対して悪い感情は持ってないみたいですし、むしろ少しそういう相手として意識してるんじゃないですか？　そうでなければ、対応がもっと素っ気なくなったりしてもおかしくないでしょう?」

「そういやそうだな。脈ありなんじゃねぇの?」

眞人の分析に元彦も乗っかる。

「脈があるかは分かりませんけど、多少でも意識をしている間に行動に移した方がいいと思いますよ」

望の様子からはあまり確信めいたことは言えないが、貴臣に対して嫌悪じみた感情を持っていないことだけは確かだ。

「……そうは言うけど…どうしていいか分からないんだよね。男の子を好きになるなんて初めてってていうか、考えてみたら結婚の時も交際自体は彼女から告白されてだったたし、入籍は智哉ができて責任をとるっていうのと家族ができるっていう意味合いが濃かった気がするし」

貴臣はそこまで言って少し考えるような顔をした後、眉根を寄せた。

「あれ、もしかしたら、ちゃんと自分から好きだって思える相手ができたのって初めてかもしれない」

「さりげなくモテ自慢突っ込んでくるとか、ムカツク」

貴臣の呟きに、元彦は、けっ、とでも、付けたしそうな様子を見せ、

「だからどうしていいか分からない、なんて、中高生レベルのこと言わないでくださいよ」

眞人は鼻で笑ったが、それに対する返事がなく、どうやらガチで『どうしていいか分からない』らしいことに気付いた。

「……まあ、あれだ。とりあえず、モザイク入る前のゲイビ、借りてきてやるから」

という、やや飛びがちな元彦のアドバイスに対し、

「その前に二人でデートでもした方がいいんじゃないですか?」

眞人が提案した。

「デート……?」

貴臣は怪訝な顔をした。

「無理に出かけなくてもいいですけど、二人だけになる時間があれば進展があるかもしれませんから」

「おー、それいいかもしれねぇな。昼間は絶対智哉がいるし、夜、智哉が寝てからっつっても俺か眞人がいるから二人きりなんて時間、まずねぇし」

眞人の言葉に元彦は身を乗り出し、相談者である貴臣をやや置き去りにしたまま、眞人と元彦は作戦を練り始めた。

◇◆◇

忙しい男優業だが、三人は月に一度は示し合わせて同じ日に休みを取ることにしている。

最初は、早く智哉にシェアハウスでの生活に慣れてもらうために、当時いた男優も含めて全員で一緒に過ごす時間を持つために始めたのだ。

だが、貴臣が結婚する前から気が合い、時間が合えば食事をしたりする程度には親しかった三人は、智哉が比較的慣れてからも合わせられる限りは半日でも休みを一緒に取っていた。

その「三人一緒に休みの日」は、二週間後の日曜にやってきた。

「じゃあ、行ってくる」

玄関には元彦と、智哉、そして犬。それを見送るのは望と貴臣だ。

『次の休み、晴れてたらわんわん連れてドッグランに行ってみるか?』

数日前、車で三十分ほどのところにドッグランがあるという情報を仕入れた元彦が智哉に提案した。

その時点では貴臣も行く予定で、眞人はその日の気分で、という話だった。

が、一昨日の夜に眞人の予定が変更になり、雑誌のインタビューと何かの打ち合わせが入り、貴臣も少し気になっている書類を片付けたいのと、最近適当にしかやっていない部屋の掃除をきちんとしたいから、と、出かけるのは元彦と智哉になった。

貴臣の不参加で智哉が難色を示すかとも思ったのだが、元彦も智哉を可愛がっているし、犬のことでは元彦が一番頼りになるということも感じているので、元彦と二人で犬を連れて出かけていった。見送った後、望と貴臣はそれぞれの作業に入り、昼食は一緒に取った。

貴臣は午前中でほとんどの作業が終わったらしく、昼食後は少しだけ部屋に戻ったがすぐにリビングに降りてきて雑誌を広げていた。望が一段落したのはそれから一時間ほどしてからのことだ。

着けていたエプロンを外したのを見計らって貴臣が声をかけてきた。

「望くん、仕事が一段落したなら、お茶でも飲まないかい?」

「あ、そうですね。何を飲みますか? 淹れてきますよ」

そう言って台所に向かおうとした望を貴臣は止めた。

「僕から誘ったんだから、僕が淹れてくるよ。望くんは何か飲みたい物ある?」

家事をすることを仕事にしている手前、いいのかな、と思ったが、お茶を淹れてもらうくらいならいいかと思って、貴臣と同じ物を頼んだ。貴臣が入れてくれたのはコーヒーで、リビングで一緒に飲むことになったのだが、二人きりになるといきなり落ち着かなくなった。

——意識しすぎだから!

リビングのソファーは三人がけが二つ、テーブルを挟んで置いてあり、一人がけがお誕生日席に一つある。望が座っているのは三人がけの片側で、向かい側の三人がけには貴臣が座していて、丁度向かい合う形だ。

望はなんとか平静を保とうとしたのだが、正面にいる貴臣の顔を見ることはできないし、かといって何を話せばいいのか分からないし、でつい無言でコーヒーを飲むしかなかった。

その様子はあからさまにおかしかったのだろう。貴臣はカップをテーブルに置くと、

「僕とお茶を飲むだけで、そんなに身構えちゃうくらい、僕のことを警戒してるのかな？」

苦笑しながら聞いた。それに望は慌てて顔を上げて貴臣を見たが、目が合った瞬間、心臓がおかしくなり始めてすぐに俯いた。

「警戒、とかってわけじゃないんです…けど」

「でも、普通ってわけじゃないよね？　僕は望くんのことが好きだけど、無理強いをするつもりはないんだ。望くんが嫌なら、できるだけ接点を持たないようにする」

貴臣の声はどこまでも真っすぐに聞こえた。

真っすぐなだけに、自分のせいで貴臣にいらない心配や気遣いをさせているのが伝わってくる。

「嫌ってわけじゃないんです」

望は俯いたままで言い、そして続けた。

「いろいろと驚いてるっていうのはあるけど、嫌だって思ったことは一度もないです。それは、本当に。ただ、俺は恋愛的な経験がほとんどなくて、だからどうしていいか分からなくて」

「うん」

相槌《あいづち》を打つ声は優しくて、望は少し安堵する。その安堵が多分気の緩みを招いたのだろう。もともと何をどうしゃべっていいのかも分かっていなかった望は、とりあえず思っていることを話したほうが余計な心配は掛けずに済むと思って続けた。

「一応、いろいろ考えた方がいいんだろうなとは思って、考えようとしたんですけど、そういう経験がないせいか、考えるだけで恥ずかしくて仕方なくて…眞人さんや、元彦さんに言われたこととか、あとはモザイク修整された貴臣さんの貴臣さんとかがちらついて頭が破裂しそうになって……」

心配をかけまいと思って心情を吐露したが、余計なことまで言っていることに望は気付かなかった。

「……モザイク修整された僕、か…」

貴臣の声は半笑いだった。

「修正前のも、その…ちょっとは」

「え？　僕、望くんにそんなの見せたことないよね？」

貴臣の声に焦りが含まれる。

「その、事故っていうか、偶然っていうか！」

望は慌てて、顔を上げ、ここに来た初日に智哉をお風呂に迎えに出た時に見てしまった旨を伝える。

「ああ、そんなことあったね」

「それ以降は、その、見ないようにちょっと注意してたんです、けど……その、頭の中にはしっかりインプットされてて…すみません」

謝る望に、貴臣は頭を横に振った。

「ううん、謝られるようなことじゃないよ。それに、こういう言い方もどうかと思うけど、仕事柄人に見られることには慣れてるって言うかね……」

そこまで言って貴臣はふっとあることに気付いたような顔をした。

「望くんが僕のことを警戒してるのって、いつ手を出されるか心配っていうのがあるのかな、やっぱり」

「心配っていうか……、好きって思われてるってこと自体もなんか、本当に嫌じゃないけど落ち着かない気持ちになるし、その延長上にそういうこともあるんだろうなとか、考えなくはないし、たまに貴臣さんのAV見ちゃったりすると、見ちゃったたっていうか、その上映会の時にたまたま貴臣さんのだったりすると、ちょっと冷静じゃいられなくなるっていうか」

「ああ…うん。言わんとしてることはなんとなく分かるよ」

貴臣はそう言って少し間を置いた。

「僕のことは、嫌じゃない？　望くんのことを好きだってことも含めて」

聞かれて、望は頷いた。

「ズルい言い方かもですけど、今の時点では嫌っていうのはないです。ないけど、じゃあ何って言われると分かんないっていうか」

「うん。……そうだな、僕はエッチそのものは仕事でしてるっていうのもあって、特別感はないんだ。だから、望くんの気持ちが不安定っていうか、あやふやな間はそういうのはなくてもいいと思ってるんだけど……ちょっと触りたいっていうのは、あるかな」

「触りたい？　何、……何を？」

望は咄嗟に警戒モードに入った。それが伝わったのか、貴臣は笑う。

「ごめん、言い方が悪かったよ。今だと、ちょっと手が触っただけでも大騒ぎになりそうな雰囲気だから……スキンシップ的なことは、したいなと思ってるってだけ」

貴臣の言葉に安堵するのと同時に、先走ってあらぬ方向のことを妄想しかけた自分を望は恥じる。

そんな望の様子を微笑ましそうに見ながら、貴臣は言った。

「望くんの隣、座ってもいい？」

望は一瞬迷ったが、ついさっきスキンシップ的なことをしたいと言われたこともあり、それを拒んだら多分、この先貴臣とは今以上にぎくしゃくするというか、貴臣を「嫌がっている」と受け止められそうで、決してそれだけはないので望は頷いた。

貴臣はありがとう、と言うと、望の隣に腰を下ろす。

体が触れないギリギリの位置関係は、逆にいろいろと意識してしまう気がして、体が強張った。

その時、不意に貴臣の手が伸びてきて望の手を掴んだ。

突然のことで手が大きく震えたが、貴臣は気にした様子もなく、

「手、少し荒れてるね。ちゃんとハンドクリームとか塗ってる？」

そう聞いてきた。

「…いえ、特には……？」

「ダメだよ、ちゃんとケアしとかないと。家事って水仕事が多いんだから。ちょっと待ってて」

貴臣はそう言うと立ち上がって二階に向かい、ややしてから戻ってきたが、その手にはハンドクリームがあった。貴臣はそのクリームを自分の手に出すと、

「はい、片方の手を貸して」

両手を出して望の手を待つ。望は一瞬迷ったが、貴臣の表情が智哉に接している時と同じ、父親の表情になっている気がして、とりあえず右手を出した。

貴臣は望の手を両手で包みこむとマッサージをしながら、クリームを塗り込んでいく。それは心地よくて、体に入っていた力が少しずつ抜けた。

「……貴臣さんは、ハンドクリームとかまめに塗る方なんですか」

黙っているのもなんとなくおかしい気がして、無難だと思える問いをした。

「仕事柄、女優さんの体に触れるから、その時に手が荒れてたりすると、問題かなと思うしね」

「あ…そうか」

「元彦くんも、そういうケアはちゃんとしてるよ。このクリームも、元彦くんに教えてもらったんだ」

「そうなんですね……。なんか、意外」

望の言葉に貴臣は少し笑った。

「家での元彦くんを見てると、いろんなことに無頓着そうに思えるからね。はい、左手を出して」

右手のケアを終え、貴臣は新たなクリームを自分の手に取り出し、左手を催促する。望は言われるままに左手を差し出した。

「でも、優しい人なんだろうなっていうのは、分かってきました。ルーズなのも、多分疲れてるからなんだろうなと思うし……。一日三現場とかなら、最低でも三回はやってるってことですよね？ それをほぼ毎日とか、狂気の沙汰な気がするし」

「それをコンスタントにこなせるからトップ男優なんだよ。……意外と元彦くんの評価が上がってるね。なんか嫉妬しそうだ」

嫉妬、などという単語が出てきて、望は慌てる。

「……別に、元彦さんには何にも」

「うん、分かってるよ。……望くんに僕はどう見えてるんだろう？ 聞いてもいい？」

問う声はどこまでも自然で、望は頷いた。

「優しい人…だと思います、智哉くんのことをとても大事にしてて、子煩悩ないいお父さんで」

「いいお父さん、か。嬉しいけど、牽制された気持ちになるね」

感じたことを言ったままでなのだが、そんな風に返されて望は焦る。

「別に、そういうわけじゃないですよ……！　初めて会った時、なんていうか色気のある格好いい人だなとも思いましたし」

付け足した望に、貴臣は笑った。

「そこは牽制《けんせい》したままでよかったんじゃないかな。凄く嬉しいけど」

「あ……」

確かに、告白に対しての返事ができない今の状況では、牽制にしておいた方が良かったのかもしれない。だが、それは本心ではないから、悪い様な気がした。

「だから、望くんが好きなんだけどね」

貴臣はさらりと言ってきて、望は困る。

「物好きなんですよ、貴臣さんは」

「そんなことないよ」

「いえ、あります。……仕事で綺麗な女優さんと会うのに、俺がいいとか、絶対あり得ないし。もしかして……結婚がダメになった時に、女の人がダメになったんですか？」

貴臣のようなイケメンなら、引く手あまただろうし、ネットで検索したところ、女性ファンもかなり多くいて、男性向けAVでも貴臣が出ているならと購入する熱狂的なファンも多数いるらしいのだ。なのに、身近にいる美人ではなく、望がいいなどというのだから、おかしいとしか思えなかった。

「女の人がダメになってたら、男優に復帰できてないよ。あと、すべての女性が元妻みたいだとも思ってないから、女性に幻滅したってこともない」

貴臣はそう言った後、少し間を置いてから望を真っすぐに見た。

「多分、望くんには一目ぼれもしてたんじゃないかな、と思ってる」

「一目ぼれ……？」

「うん。面接で来てた時に、最初に顔を見て『あ』って思ったんだよね。もちろん、それがどういう感情から来たものなのかなんて、その時は考えなかった。あの頃は、智哉のことと仕事のことでいっぱいいっぱいで、そんな余裕もなかったから。でも、望くんがここに来てくれて、毎日おいしいご飯を作ってくれて、家を片付けてくれて……智哉が少しずつ笑ったりするようになって……。『感じる』余裕が出てきた時に、最初に思ったのは望くんのことだったよ」

ハンドクリームを塗るためだった手は、もうクリームを塗り終えただろうにそのまま望の手を摑んでいて、語る声音にも甘いものがあった。

「……仕事、ですから…」

食事の支度も、家の片付けも、智哉のことも、望にしてみれば「仕事」だ。もちろん、一緒に住んでいるので、仕事として完全に割り切っているわけでもないが、過剰に感謝をされることでもない。

「うん、それは分かってる。でも、僕が欲しいと思っていたものを、全部望くんが与えてくれて、家に帰るのが楽しみになって。その時に、初めて会った時に思ったことを思い出した。最初から望くんのことが気になってたなって」

そこまで言って、貴臣は一度言葉を切ると、少し間を置いてから続けた。

「望くんのことが、好きだよ」

本日二度目の告白は、めいっぱいの本気で、ここで『男優の本気演技凄い』とか、茶化せればよかったのだろうと思う。

だが、そんな余裕は恋愛初心者の望には到底無理な話だった。真っすぐに見つめてくる貴臣の視線から目を逸《そ》らせもしないし、逃げられもしなくて、頭の中は真っ白になる寸前だ。

「だから、もっと触れたいと思うし、もっとそばにいたいとも思う」

「……もっと…」

望の口から漏れた声は喉に張り付いたような響きのものだった。

「でも、男同士のセックスって、望くんには抵抗あるよね?」

問う言葉で望の頭の中に蘇ってきたのは、眞人に言われた「後ろの貞操」という言葉だった。それが体のどの場所を意味するかくらいは、望だって知っている。知っているからこそ躊躇《ちゅうちょ》するというか、恥ずかしいのだ。

無言でいる望から、抵抗があるという意思は感じ取った貴臣は少しだけ笑った。

「無理にしようとは思ってないよ。それに、セックス自体は、なんていうのかな、仕事でしてるってこともあって、性欲的には望くんが抵抗があるのに何が何でもしたいってことでもないんだ。でも、触れたいとは思うし、もっとそばにいたいと思う」

繰り返された言葉の真意が分からないでいると、

「だから、気持ちのいいことだけ、してみない？」

「……気持ちのいい、こと…？」

「うん。手でするとか、あとはスマタとか？　もちろん、望くんにしてほしいってわけじゃなくて、僕がするって方向で」

貴臣はそう説明してきたが、これはＯＫしていい案件なのかどうか、望には分からなかった。分からないくらい、すでに冷静ではなかったからだ。

「ダメかな、やっぱり……」

無言でいる望の反応を、ノーだと判断したのか貴臣は苦笑するような表情で言ったが、

「え、あの……ダメっていうか、その、えっと……俺、何をしたら？」

「……何もしなくていいよ？　全部僕がするから」

「それで、いいんですか？」

「うん。……いい？」

再度問われて、セックスそのものをと言われたらさすがに正直、気持ち的にハードルは高いが、その前段階なら、ＯＫしてもいいかなというか、むしろハードルを下げてもらっているのだからＯＫしないと悪いかなとついうっかり思ってしまった望は、頷いた。

望の返事に貴臣は微笑んで、ありがとう、と言うと、掴んだ望の手をゆっくりと引き寄せると、もう片方の手を望の背中に回して抱き寄せる。

それだけで心臓がドキドキし始めて、どうしていいか分からなくなる。

けれど、貴臣はそれ以上は動こうとしなくて、しばらくの間そうされていると、体から力が抜けた。

それを見取って、貴臣はしっかりと望を両手で抱きしめると、そっとこめかみに唇を押し当てる。

「今、もう、しちゃったけど、キス、口以外なら、いい？」

甘く口説く言葉は、抗うことをさせてくれないほどに魅惑的で、「はい」、と小さく望が返すと貴臣の唇は今度は耳の近くに押し当てられた。それが妙にくすぐったくて体を震わせると、

「あ、耳が弱いんだ?」

耳の中に吹き込むように囁かれて、くすぐったさと、それとは違う別の感覚も望の体を走り抜けた。

「ひゃ……っ…」

「可愛い声」

クスッと笑うその声や吐息が触れるだけでも、体が勝手に震えてしまう。

それを面白がるように貴臣は望の耳に舌を這わせてきた。

「や…っ…ぁ、あ」

そのうち、耳を唇で挟みこんで甘噛みをしてきたり、耳の穴にまで舌を差し込んできたりして、その感触と、頭の中で直接響くような音に頭も体も蕩《とろ》けて、自分ではもう体勢を保てなくなり望は貴臣の体に半ば乗りあげるような形で上半身を預け切った。

「いい子だね、そのまま、全部、僕に任せて」

吐息を吹き込むように囁いた貴臣の手が、そっと二人の体の間に差し込まれ、望の下肢へと伸びた。

「……っ…あ、あっ」

「可愛い、もうこんなになって……」

揶揄《やゆ》する甘い声に、望は小さく震えながら頭を横に振るが、ジーンズ越しに触れられた望自身は、確かに熱を孕《はら》んでいて、貴臣は兆《きざ》しているそれをそのまま柔らかく揉みあげた。

「やぁ…っ、あ、だめ…あっ、あ」

「大丈夫、だめじゃないから」

囁きながら蠢《うごめ》く手は淫靡《いんび》さを増し、やがて望自身から蜜が漏れ出したのか布地が滑る感触があった。

「ぁ…、あっ、やだ、あっ、あ」

「うん、気持ちがいいね。もっと、とろとろにしてあげるから」

まるで麻薬のように入りこんでくる甘い言葉に、望の体が震える。いや、言葉のためだけではなくて、ジーンズのかたい布越しだというのに的確に弱い場所を嬲《なぶ》ってくる手管のせいで、体も頭も、もうグダグダだった。

「だめ、も…本当に、だめ……」

気持ちがよくて、頭がクラクラする。このままではジーンズを穿いたままで達してしまう。それだけは避けたくて震える声で告げたのだが、

「出ちゃいそう？　洗濯、後で僕がするからこのまま出しちゃおうか」

貴臣は全く取り合ってくれず、それどころか捉えた望自身をそれまでよりも強く揉みしだいた。

「やぁっ、あ、あ、だめ、やぁ…っあ、あ！」

走り抜ける強い快感に望は貴臣の胸に縋りつき、甘い声を上げる。

「我慢せずに、出して……」

囁いた直後、耳を甘く噛まれ、それと同時に探り当てた先端に近い部分をつまむ様に刺激されて、望の腰が大きく跳ねた。

「あっ、あ……、あっ」

ひくっひくっと腰が勝手に蠢《うごめ》いて、そのたびに自身が蜜を吐きだし、下着の中をべたべたにしているのが分かる。その最中でさえ貴臣の手は止まらなくて、望はひたすら喘ぐしかなかった。

「ふ…っ…あっ、あ、だめ、出てる、から……」

達している最中の愛撫は強すぎて、逃げ出したくなるほどの快感を与えてくる。

「全部、出しちゃおうね」

それなのに貴臣は甘く笑いながら言ってくる。望が達しきり、ただ震えるだけになって貴臣はようやく愛撫の手を止めたが、もう望はぐったりとしてしまって、指一本動かすのも億劫《おっくう》なほどだった。

「可愛すぎるんだけどなぁ……」

困ったような気配を纏いつつも嬉しそうな声音で囁いた貴臣は、ぐったりとした望の体を一度しっかりと抱くと、ソファーに寝転ばせた。そのまま体が離れて、少し安堵した望だったが、貴臣は望のジーンズに手をかけると、前をはだけ始めた。

「え…ちょ……」

望は驚愕《きょうがく》して目を開く。だが、貴臣はなんていうことのない様子で言った。

「脱いじゃわないとね。汚しちゃったから」

「……っ…誰のせい、だと…」

「僕のせい」

にっこり笑った貴臣は、そのまま望のジーンズと下着を押し下げた。

「ひゃ……っ…」

「いっぱい出したね、ベトベトだ」

いちいち状況報告をしてくる貴臣を睨みつける。だが、それさえ貴臣は笑顔でやり過ごし、足からすべてを抜き取った。

上はTシャツを着たまま、下半身だけを晒《さら》している状況は物凄くいたたまれなくて、身をよじって何とか下肢を隠そうとした瞬間、伸びてきた貴臣の手が望自身を直に摑んだ。

「だぁめ……」

「……っ…」

「もっと気持ちよくしてあげるから」

言いながら貴臣は手に収めた望を優しく撫で始める。

「ん…あっ、あ…やめ、まだ……、あっ」

達した余韻から醒めていない自身はまだ敏感で、ささやかな愛撫にさえ過剰に反応した。

「大丈夫、すぐにもっとよくなれるから」

貴臣は言いながら望に覆いかぶさり、額やまぶたに口づけていく。

優しく触れる口づけをしながら、望自身の先端を指の腹で撫で、時折強く擦りたてた。

「や…っ…あ、それ、や……」

「気持ちいいみたいだね。えっちな汁がいっぱい出てる」

滑る指の感触でそれを感じてはいたが、言葉にされると恥ずかしくて、望はきつく目を閉じた。

けれど、下肢から起こるぬちゅっ、ちゅくっという濡れた水音がいやらしく響いて、その音だけでも望は追い詰められた。

「ぁっ、あ、……っ…だめ…、やっ…あ、あっ」

「凄くビクビクしてる。可愛い」

「ああっ、あ、やだ…っ、あ」

全体をゆっくりと手のひらで下から撫でられて、望の腰が跳ねる。

気持ちいいけど、恥ずかしくて、恥ずかしいのに気持ちいいのが止まらなくて、どうしようもない。

「一番好きなのはどこ？　先っぽかな、それとも裏筋？」

答えられないようなことを問うてくる貴臣の声に望は頭を横に振る。

「どっちも嫌っていうより、どっちも好きってことかな？　……まあ、どっちもするんだけど」

その言葉に望が何か言うより早く、貴臣の手が動いた。

「んんっ…！　あっぁ…！　あ、いや…だめ、あっ、あ！」

ぐちゅっ、にちゅっといやらしい音を立てながら、貴臣の手が速く大きく動く。

自分でする時には、絶対にしないようなやり方で愛撫されて、望の体が暴れるように揺れる。

「やっ、あ……あっ、あ、だめ、先…っ…！　…っ……！」

根元から先までを指の輪で擦りあげられ、望の息が詰まった。そのままもう片方の手は先端を丸く撫でまわされて、望は悶えた。

「だめになっちゃいそうなくらい、イイ？」

「……っ…あ、だめ、やっ、や…ぁっ、イ…く、あっ、あ」

濡れ切った声を上げる望に貴臣は優しく微笑むと、不意に手を離した。

「…あ……ぁ…」

新たな刺激は止んだが、続く余韻に望は小さく声を漏らしながら震える。

「ごめん、僕がちょっと限界」

聞こえた声に望が薄く目を開けると、貴臣は困ったような笑顔を見せ、自身のズボンに手をかけたところだった。

それをぼんやりと見ていた望の目の前で貴臣はズボンの前をはだける。

そこに現れたのは、屹立《きつりつ》したモザイクのない貴臣の立派な商売道具で。

「ぉ……お…きい……」

「光栄」

貴臣は薄く笑うと、急に手を離された後もまだ熱を保ったまま震えていた望のそれと自分の物を合わせて握りこんだ。

「……っ！　あ、あ」

「僕も、気持ちよくして？」

優しい声とともに、貴臣が動き始める。熱く猛った貴臣自身が望のそれと擦れ合い、望はそれまで以上の快感に襲われた。

「や……っ、は、ぁっ、あ…あっ」

喘ぐ望を、貴臣はどこか苦い笑みを浮かべながら見下ろす。

「……可愛い…、可愛すぎて、どうにかなりそうだ……」

貴臣の腰の動きが強くなり、望自身が漏らす蜜と、貴臣のそれから溢れる蜜とで淫猥《いんわい》な音が大きく響く。

「ぁ、あっ……あ、も……やめ…、っだめ、無理、あっ、いく…い…く……っ」

耐えきれず望自身が弾け二度目の蜜を溢れさせる。だが、その間も貴臣の動きは止まらなかった。

達してビクビクと震える望自身にさらに愛撫を与えるように貴臣は腰を使う。

「やぁっ、あ、だめ……イってる、から…あっ、だめ、だめ……っ」

与えられる刺激のせいで絶頂が止まらなくて、望は達したままの状態になる。

望自身からはとろとろと蜜が溢れて止まらなかった。

「ごめん、ね……もう少し、だから」

どこか押し殺したような声音の貴臣が、握りこむ手の力を強める。

「ああっ、あ…っ、あ、しぬ……死……っ」

気持ちが良すぎて望の頭は真っ白で、そのうち涙が勝手に溢れだした。

「うん、一緒に、イこうか……」

その言葉の意味を理解する間もなく、貴臣の熱が弾けた。

放たれた精液は望の胸元まで飛んで、着ていたTシャツまで濡らす。

自分のとは違うソレの匂いと、すべてを吐きだすようにゆっくりとまだ腰を動かしながら愛撫を与えてくる貴臣の様子は壮絶なまでに色っぽくて、その様子に望は小さく震えて、また達した。

「…ぁ……、あ、あ」

「もう、限界、かな……」

もはや音にならない声を漏らして達する望の様子を愛しげに見下ろしながら、貴臣は囁く。

「僕は、まだまだできるけど、残念」

ぎょっとするような言葉を色香の漂う表情で続けてきた貴臣に、望はまた小さく体を震わせたが、そこがいろいろと許容量の限界で、望はほんの少し目を閉じて束の間、意識を飛ばした。

◇◆◇

元彦と智哉がドッグランから帰ってきたのは、夕方だった。

元彦からは、よその犬と触れあったり、わんわんと一緒に遊んだりと、控え目ながらも楽しく過ごしている様子が窺える智哉の姿が動画で携帯電話に送られてきていたので安心していたのだが、帰ってきた智哉は元気がなかった。

「はしゃぎすぎて疲れちゃったかな？」

玄関に迎えに出た貴臣は、智哉の額に手を押し当てて熱を確認する。

「熱はないみたいだね」

「元気にしてたんだけど、スーパー寄ったくらいからちょっと元気がねぇ。これ、頼まれてた買い物」

元彦はそう言って、手にしたスーパーの袋を望に差し出す。

「ありがとう。急に頼んで、すみません」

「別に、俺も買い物あったし」

元彦はそう言ってくれたのだが、買い物に行けなくなった理由が理由なので申し訳ない。

貴臣との情事というか、あれこれで感じすぎて意識を飛ばした望だが、ほんの数十秒で意識は取り戻した。だが、快感で完全に腰が砕けてしまっていて、後始末はすべて貴臣にしてもらったのだ。

というか貴臣に好きにされた結果なのでそれは当り前だと思う。ただ、あれこれ後始末される間が本当に恥ずかしくて仕方がなかったが。

そんなわけでいろいろと消耗した望は、外に出られるような状態ではなく、帰ってくる途中で買い物をしてきてほしいと元彦に頼んだのだ。

「疲れが出たのかもしれないね。お昼寝も今日はしてないし。智哉、わんわんと一緒で楽しかった？」

貴臣が問うと、智哉はうん、と頷いたが、甘えるように貴臣に抱きついた。

「夕ご飯まで少し時間があるから、眠いようならお昼寝っていうか、夕寝だけどして…」

「そうするよ。智哉、お手々洗って、うがいしたらお部屋で少し横になろうか」

望の提案に貴臣が同意し、智哉に声をかける。智哉は複雑そうな顔をして、元彦が抱いている犬に目を向けた。

「わんわんは俺がちゃんと世話しとくから、智哉はゆっくりしてこい」

元彦が言うと智哉は頷き、それを確認してから貴臣は智哉を抱きあげて奥へと向かった。

元彦は少し心配そうにそれを見送ったが、すぐに視線を望に向けると、

「今日一日、貴臣と二人きりだったんだろ？　なんか進展あったか？」

からかうように聞いてくる。

まさかそんなことを聞かれると思っていなかった望はあからさまに動揺した。

「は…はぁ？　進展とか、そんなもんないし！」

「そうか、なんかあったんだな。まあ普通に動けてるとこ見たら、一線は越えてねぇ感じか」

「だから、何もないって！」

重ねて否定をするが、顔が赤くなっている自覚はあるのでバレてるんだろうなとはうっすら思う。

元彦もそれ以上は追及するつもりはないのか——多分後で貴臣から聞くつもりなのだろうが——はい

はい、と軽く言うと、犬を連れてリビングに向かった。

「……もう…」

やり場のない感情と、ついうっかり昼間のことを思い出してしまいそうになって、望は両手で頬を押さえた。

◇◆◇

異変は、翌朝起きた。いつもの時間を十分ほど過ぎても貴臣と智哉が下りてこなかった。様子を見に行くかどうか迷ったのは、昨日、あんなことを貴臣としているので、恥ずかしさがあるからだ。

だが、寝過ごしているのかもしれないと、思い切って部屋に様子を見に行くと、ドア越しに何かもめているらしい声が聞こえた。

「智哉、我儘言わないの。お熱もないんだから」

「…や……。いかない」

「智哉！」

そんなやりとりを耳にした望は、軽くドアをノックした。

「……貴臣さん、智哉くん、起きてます？」

声をかけると、少しして中からドアが開き、パジャマ姿の貴臣が顔を見せた。

「おはよう、起きてるよ」

「ならいいんですけど、ご飯の時間なのにまだだから寝坊かと思って。……何かありましたか？」

もっとドキドキするかと思ったが、智哉のことが心配で、心臓は多少のドキドキくらいで済んだ。

多分、これなら顔も普通のはずだ。

「智哉が、幼稚園に行きたくないって駄々こねてね」

貴臣はそう言いながらドアを大きく開く。

ベッドに座った智哉はクマのぬいぐるみの手を片手でギュッと摑んで、涙目で望を見ていた。

「智哉くん、どうしたのかな？　どこか気持ち悪かったり、痛かったりする？」

望は問いかけながら部屋の中に入り、智哉の前に膝をついて、額と、それから首筋に手を押し当てて熱を確認する。

「熱はないんだ。さっき測ったけど。智哉、病気じゃないのに幼稚園をお休みするのは、ズルだよ？ズルするのはダメだっていつも言ってるよね？」

貴臣は諭すように言うが、智哉は涙目のままで頭を横に振るだけだ。智哉は昨日帰ってきた時の元気のなさがずっと継続していた。一晩眠れば、と思ったのだが、どうやら継続したままのようだ。

「……昨日からずっと元気ないもんね。今日はお休みする？」

「望くん……」

少し非難するような音を含ませた声で、貴臣は望の名を呼ぶ。

「昨日からずっとですよ？　うまく言葉にできないだけで何か不調があるのかもしれませんし……家で様子を見るっていうのも手だと思います。幼稚園に行けば友達と一緒になって気が紛れて元気になることもあるとは思いますけど、本当に体に何かあるなら余計につらくなるだろうし」

「それはそうだけど……望くんに余計な手間が」

どうやら、貴臣はそっちも心配してくれているらしい。

「大丈夫ですよ。智哉くんはいい子だし、もし元気になったらおうちのお手伝いしてくれるよね？」

望が言うと、智哉は頷いた。

「じゃあ、お顔洗って、ご飯食べよう」

望は立ち上がり、それから智哉を抱きあげる。

「望くん」

貴臣は名を呼んだ後、唇の動きだけで「ごめんね」と告げてくる。それに笑みかけて、望は智哉を連れて一階に下りた。


貴臣は今日は二現場で、帰りが少し遅くなることもあり、何かあったらすぐに連絡してほしいと心配しながら仕事に出かけた。

智哉は朝食こそまだ食べる量が少なかったものの、幼稚園に行かなくていいと分かったからか貴臣が出かける時にはいつも通りの様子で、昼食もいつもと同じ量を食べていた。

智哉の休みについては、元彦は昨日、自分と一緒にいた時にやはり何かあったんじゃないかと気にしていたが、眞人に「そういう日もありますよ。働きたくないっていう日、僕たちだってあるじゃないですか」と言われ納得していた。

とりあえず、体の不調ではなさそうで、智哉は裏庭で犬と遊んだり、ソファーの上で犬とクマのぬいぐるみで川の字になって昼寝をしたり平和に過ごしていた。

昼寝から目覚めるのを待って、夕食の買い物にスーパーに行こうと言うと、智哉は頭を横に振った。

「どうして？　お買い物行かないと夕ご飯食べられないよ？」

体の調子が悪くないのは、今日一日の行動を見ていれば分かる。だから、家から出たくないだけなのだろうとはうっすら分かったが、こんなことになるとは思っていなかったし、昨日も元彦に頼んで足りない物だけを買い足してもらった形なので、夕食のメインとなる物が何もないのだ。

かといって、智哉を一人家に置いていくのは不安だ。

「急いでお買い物するから、ついてきて？　俺一人だと、寂しいから……ね？」

ずるい方法だと思ったが、智哉の優しさにつけ込む作戦に出た。智哉は難しい顔をしていたが、

「ののちゃん…ずっといっしょ、して」

何が不安なのか、そう言ってきたので望は頷いた。

「うん、ずっと一緒にいるよ。お買い物、一緒に行ってくれる？」

改めて聞くと、うん、と返事をしてくれたので、準備をしていつものスーパーに出かけた。

スーパーでは、大体の場合、智哉は一人でお菓子売り場に行くことが多いのだが、この日はずっと望にべったりだった。それはまるで何かを怖がっているようにも思えて、その夜、夕食が終わった時間に帰宅した貴臣を出迎えた望は、そのことも含めて、家での様子や過ごし方などを伝えた。

「スーパーで？　元彦くんも昨日スーパーで様子がおかしくなったって言ってたけど、スーパーに何かあるのかな」

一通りを聞いて、リビングで一度足を止めた貴臣は怪訝《けげん》そうな顔をしたが、

「分からないんですよね。スーパーでは何もなかったんです。たまたま昨日も今日も外出がスーパーだってだけで、家の外に出ること自体が嫌なのかもしれないし……」

望も首を傾げるしかない。

「元彦くんが帰ってきたら、スーパーで変わったことがなかったか聞いてみるよ。とりあえず、体に不調があるわけじゃないみたいで安心した」

「それは、多分大丈夫だと思います。夕ご飯もしっかり食べてたし」

望が返すと、貴臣は安堵した様子を見せた後、

「それに、望くんが普通に僕としゃべってくれてることにも、安心してる」

そんなことを言いだした。

「は？」

「だって昨日、智哉たちが帰ってくるまで、ちょっとよそよそしいっていうか、あんまり僕を見てくれなかったからね」

その言葉で、昨日のことを望はまざまざと思い出した。

空気に流されたというのもあるけれど、自分で承諾してそういうことをしたのだが、冷静になると恥ずかしさがハンパなくて、コトの後、まともに貴臣の顔を見られなかった。

というか、気配を感じるだけで死にそうだったのだ。

帰ってきた智哉の様子がおかしかったことで、互いに「智哉が心配」モードに入ったため、意識しすぎることはなくなったのだが、蒸し返されてあっという間に耳まで熱くなった。

「……っ…それは、だって」

「可愛いなぁ…。そういう初心な反応をされると余計に萌えるっていうか、やっぱり本当の初心な反応って新鮮でいいよね」

完全に声音はからかいにかかっていて、

「『パパ』は今は俺を構うより、智哉くんのことに専念してほしいんですけど?」

望がチクリと刺すと、貴臣は苦笑しながら頷いた。

「うん、できるだけ気をつけるようにするよ。智哉にはこれ以上、苦労っていうか、つらい思いさせたくないからね」

簡単に父親モードに切り替わった顔で言う貴臣に安堵した瞬間、

「ありがとう、いつも」

わざと耳元に唇を近づけて感謝の言葉を吹き込んでくる。

それに望はひゃっと声をあげて、床に座り込んだ。

「…! ちょっと!」

「感謝の意を示しただけだよ」

笑って言いながら、貴臣は二階へと向かう。その軽い足音に望は複雑な気持ちになるのだった。

さて、その翌日も智哉は幼稚園に行かなかった。

「智哉くんは、今日もお休みですか?」

起きてきた眞人が、パジャマのままリビングのソファーで犬を傍らに、膝の上にぬいぐるみを載せている智哉と、少し困った顔をしながらその隣に座っている貴臣を見つけて、確認するように聞いた。

「行きたくないって……」

「義務教育じゃありませんし、行きたくないなら別に、とは思いますけど…どうしてなんでしょうね。何かトラブルでも……」

そこまで言って、眞人はハッとした顔になった。

「貴臣、あの母親、まさか……」

眞人の言葉に貴臣は虚を衝かれたような表情を見せると、

「ちょっと、幼稚園に電話してみるよ」

急いで立ち上がり、リビングを出た。

「どうしたんですか……?」

何がどう展開したのか分からず眞人に問いかけたが、

「望くん、僕の朝ご飯準備してもらえますか?」

答えるかわりにダイニングへと向かい、それで智哉には聞かせたくない話だと分かった。

「あ、はい。智哉くん、眞人さんのご飯の準備してくるね」

一応智哉に声をかけ、望は眞人の後を追った。

「去年、まだ智哉くんがプレで幼稚園に通っていた頃です」

眞人は朝食の準備を望にさせながら説明を始めた。

今も智哉が通っている幼稚園は、プレ保育にも力を入れている。去年はまだ智哉は年少クラスよりも一つ年下で、そのプレ保育に通っていた。

プレと言っても正規のクラスと同じ時間を通わせることができたし、園長や先生も家庭の事情に随分と気を配ってくれていて、貴臣にとってはかなりありがたい園だった。

しかし、そこでトラブルが起きた。

当時、年中クラスに通っていた園児の母親の中に熱狂的な貴臣のファンがいたのだ。

お迎えの時に貴臣に気付いた彼女は、智哉に貴臣への手紙を渡したり、返事をもらってこいと命じたりし、智哉は登園拒否になった。

「智哉くんに危害を及ぼす恐れがありましたから、弁護士を入れて園とその母親というか家族と話し合いをしたんですよ。その結果、幼稚園の送迎は母親にさせないこと、貴臣と智哉くんとは接触をもたないことを取り決めたんです」

「そんなことがあったんですか……」

「通い始めて間もない頃のことですし、それ以降は何もなかったので忘れていたんですけどね……」

眞人がそこまで言った時、ダイニングに電話を終えた貴臣が入ってきた。

「園長と主任と話せたんだけど、向こうの送迎は毎日おばあさんがやってるって。それに、年少と年長だと教室の位置も離れてるから子供同士の接点もないはずだって」

貴臣の説明に眞人は小さく息を吐いた。

「一応は安心、ということでしょうか」

「多分ね。……幼稚園に行きたがらない謎は残ったけど」

どうしたものか、という顔をした貴臣に、

「今、眞人さんから大体の話を聞きましたけど、前に智哉くんが嫌な思いをしてるんなら、無理に行かせなくてもいいんじゃないですか？　今回の理由は分からないですけど……今は俺が家にいますし」

望はそう提案した。貴臣は申し訳なさそうだったが、眞人からもその方がいいと助言があり、智哉が自発的に幼稚園に行けるようになるまでは、しばらく休ませようということになった。

幼稚園はお休みしよう、と告げると智哉はほっとしたような様子を見せ、やはり幼稚園で何かあるのかと思わざるを得ない。

――朝に聞いた保護者の件とは別で、何かトラブルあるのかなぁ…。北詰ママに聞いてみたら何か分かるかな……。

そんなことを考えながら昼食の準備をしていると、元彦が起きてきた。

「おい、智哉、やっぱりどっか悪いのか？　今日も幼稚園休みとか……」

リビングにいた智哉の姿に動揺して、元彦は聞いてくる。異変が起きたのが日曜の夕方からなので、その日一緒にいた元彦は不安そうだが、何も分からないのでどう返せばいいのか分からなかった。

昼食を終えると、元彦は現場に出かけていき、智哉はしばらくの間アニメのＤＶＤを見ていたが、一時間ほどして昨日と同じく昼寝タイムに入った。その間に、望はリビングに置いてある智哉のおもちゃ箱になっているカラーボックスを整理し始めた。

貴臣はもちろん、眞人も元彦もおもちゃや絵本を折りに触れて買ってくるので、どんどん増えてしまう。そのため、近頃、遊んだり読んだりしていない物やシーズンが外れた物は箱に入れて地下の納戸にしまい、頃合いを見て入れ替えることにしていた。

箱の中身を一つずつ出しながら、遊んでいる、遊んでいない、を繰り返していると、箱の底の方にくしゃくしゃにしわの寄った封筒があった。

「…なんだろ……?」

淡い黄色の封筒は未開封のままで、宛て名も差出人の名前もなく、触ったところ手紙らしき物と、何か分からないが別の物が入っている感じがした。

——なんか…ヤな感じ……。

まるで隠すように入れてあったことや、何も書かれていないことが不審さを醸《かも》し出していた。

——誰宛か分かんないんだから、俺が開けても大丈夫だよな。

望は何も書いていないことを逆手にとり、手紙の封を開けた。

そして、中に入っていた物を見て、まずぎょっとした。入っていたのは手紙と、それからリボンの付けられた一房の人の髪だったからだ。

「……きっも…」

思わず口にして、その声に智哉が起きてしまわなかったかソファーを確認すると、智哉はスヤスヤお休み中だった。それにほっとしつつ、望は入っていた手紙を取り出し、開いた。


キシンへ。

私たちを引き裂く邪魔者は消えたわ。

だからお願い、私を今すぐ迎えに来て。

この髪はあなたへの愛を誓う私の身代わり。

いつもそばにいるわ。

何をどうやっても電波な内容にしか思えなかった。

「一体いつから、ここにこんなもの……」

おもちゃ箱は、一緒に入れていた大粒ビーズの箱の蓋が開いて中でバラバラになってしまっていたことがあり、それを箱に戻すために中身を全部取り出したことがある。確か三週間ほど前のことだ。その時にはこんな手紙はなかったから、その後ここに入れられたことになる。

そして、ここにこんな手紙を入れるのは、多分智哉だ。

大人なら捨てているだろうし、わざわざここに隠したりしないはずだ。

——貴臣さんに連絡……ううん、連絡しても、どうしようもないよな…。

変な手紙が見つかったなんてことだけを連絡しても、かえって動揺させるだけだろう。

意外とメンタル面が大事になる仕事らしいので、差し障りがあっては困る。

——帰ってきてからで多分大丈夫なはず。たまたま今日見つけたってだけだし……。

望はその手紙をとりあえず智哉の手の届かない棚にしまった。

「なんか、呪詛でもかかってそう……」

髪の毛を忍ばせるなんて、正直気持ちが悪い以外の何ものでもなくて、望は一度手を洗い、それから再びおもちゃの仕分けにかかった。

智哉が目を覚ましたのはおもちゃの仕分けがちょうど終わった時だった。昨日と同じように買い物に誘うと、智哉はやはり渋った。だが、ずっと一緒にいるからと伝えて、連れていった。

今日は月に一度の売り出し日で、時間帯で特売品が変わる。来たのは、狙っていた肉と魚が特売になる時間だ。

「いいものゲットできましたかぁ?」

顔なじみの店員が、商品の補充をしながら望に声をかけてくる。客が多いこともあって店員も普段より多く、あちらこちらで客を案内をしたり、商品の補充に気を配っているのが分かる。

「おかげさまで、無事に希望商品ゲットです。うち、エンゲル係数高いから、月に一度のこの日、すっごいありがたいですよ」

別に眞人からは食費については特に何も言われたことはない。だが、貞七の頃から経費計算をやっていた望としては、つい原価を押さえて、と考えてしまいがちなのだ。

「そう言ってもらえたら、仕入れ、頑張ってるかいがあります。店長も仕入部長も喜びますよー」

ニコニコしながら店員は言う。このスーパーはどの店員も愛想がいいし、食べ方の分からない食材などについて、他の客に丁寧に説明したりしているところもよく見る。

「智哉くん、お菓子買いに行こうか。再来週の遠足に持っていくお菓子の味見しよう」

買い物を終えて望が言うと、智哉は頷いた。そして二人でお菓子売り場に行き、お菓子を選ぶ。

「モンスーンのウエハースはパフェとかプリンとか飾るのに使うから買おうね。持ってないシールが入ってたらいいいなぁ」

子供に大人気なアニメのパッケージになっているお菓子が、今日は少し安くなっていて特設コーナーに置かれていた。

「……これも…」

智哉は控えめに、やはり同じアニメのパッケージのクッキーを差し出してくる。

「お！　限定のメロンパン味か。おいしそうだね。買おう、買おう」

望がノリノリで智哉が持ってきたクッキーをかごに入れると、智哉は少し嬉しそうだった。

――もっと笑って、喜んでくれるようになったらいいな。

最初の頃の警戒モードから比べれば、格段にその様子は変わった。でも、まだまだこちらの顔色を窺《うかが》っているのが分かる。

「他に何買う？　あ、今日のおやつ……」

「あら、智哉くん？」

望が問いかけた時、商品補充にやって来たらしい女性店員が智哉に声をかけてきた。年齢は三十前後だろうか。望は見たことのない店員だが、智哉のことは知っている様子だった。

「智哉くん、知ってる人？」

「うちの子が同じ幼稚園なんです」

望が問うと、智哉が答えるより先に店員が答えた。

「ああ、そうでしたか……」

「いつもはこの時間のシフトじゃないんですけど、売り出しだから駆り出されて。あら、お菓子買ってもらったのね」

買い物かごの中を覗いて彼女は智哉に声をかける。智哉が複雑な環境で育っていることを知っている保護者は多くて、気にかけて声をかけてくれることも多い。だが、やはり智哉にはまだまだ他の人との応対はハードルが高すぎて、いつものように望の足に抱きついてきた。

「遠足用のお菓子を、下調べというか」

「ああ、再来週ですものね。晴れるといいわね」

彼女はそう言うと、商品を手際よく補充し始めた。

「……ののちゃん…おうち……」

智哉が帰りたい旨を告げてくる。

「あ、もうお菓子いい？　じゃあ帰ろうか」

望の言葉に智哉は頷いた。

「智哉くん、またね」

補充の手を止め、挨拶をしてきた彼女に望は会釈を返し、レジへと向かった。


智哉の様子がおかしいのに気付いたのは、帰宅してからだった。

スーパーでレジに並んでいる時も、ずっと望の足に抱きついていたが、それはよくあることなので気にしていなかったが、家に戻ってきてからもずっと望に抱きついて離れようとしなかった。

おやつを作るから、と言っても離れてくれず、結局今日は買ってきたお菓子で済ませ、その後、洗濯物を取り入れに行く時も、いつもなら犬と一緒にリビングで絵本を開いたりしているのだが、望についてきて、やはりひっついていた。

リビングに戻れば、隣にぴったりとひっついて座ってきて、腕に抱きついてくる。用事があって――トイレなど――離れようとすると泣き出しそうな顔をする。

――スーパーに行くまではこうじゃなかったから、スーパーで何かあったか？　考えてみるが、心当たりはない。

いつも通りの買い物だった。強いて言えば、親子連れが多くて親にいろんな物をねだったりしている子供の様子が目についたことくらいだろうか。とはいえ、幼稚園帰りにスーパーに立ち寄る親子も多いので見慣れた光景と言えば見慣れた光景だ。

とりあえず、今は智哉の不安を解消してやるのが先だなと、望は智哉を膝の上に乗せて抱っこをしながら落ち着くのを待った。

智哉の様子が違うことに犬も気付いているのか、いつもならケージの中から尻尾を振って智哉にかまってほしいと訴えてくるのに、今日はちょこんと大人しく座ってこっちを見ているだけだ。

「おや、随分と仲良しですね」

ややしてから、帰ってきた眞人は、コアラ抱っこ状態で望に抱きついている智哉の姿に微笑みながら言った。

「貴重な智哉くんのデレ期を、夕食の支度を放棄して満喫してます」

望の言葉とは微妙に食い違う苦笑から、「夕食の支度ができない」ことを汲みとった眞人は、

「その貴重なデレ期、僕も堪能させてもらいましょうか。智哉くん、僕の膝の上に来ませんか？　二人で望くんが夕ご飯を作ってくれるのを待ちましょう」

向かい側のソファーに腰を下ろした眞人が、膝の上を叩く。智哉は少し迷う様子を見せたが、

「ご飯の準備する間だけですからね？　智哉くん、眞人さんのところ、行ってあげて？」

望が声をかけると、智哉は頷いて眞人の許へと向かった。

「さあ、思う存分僕にデレてくれていいんですよ」

眞人は言いながら智哉を抱き上げ、膝の上に乗せる。それを見やってから望は台所に向かった。

が、最初に始めたのは夕食の支度ではなく、眞人の携帯電話へのメールだった。眞人も智哉の状態のおかしさには気付いている。その説明のためだ。

望は、おもちゃ箱に入っていた手紙の件と現在のありかと、スーパーで何かあったのか戻ってきてからくっついて離れなくなったことなどを打って送った。

少しすると、リビングからは智哉の好きなアニメのオープニングテーマが流れ始めた。眞人がDVDをセットしたのだろう。そして十分ほどが過ぎてから、眞人から手紙を確認したことと、後で調べておく、という返信があり、あとは眞人に任せてしまうことにした。


智哉のくっつき虫は結局その日はずっと収まることはなかった。

貴臣も撮影が長引いて遅くなると連絡があり、望が智哉を寝かしつけることになった。今日は二階の貴臣の部屋で添い寝をしながら寝かしつけをしていたのだが、案の定望は添い寝したまま寝落ちをしていた。目が覚めたのは、夜中過ぎになってようやく帰宅した貴臣に起こされたからだ。

「寝てるのに、ごめんね。ちょっと今日のことで話を聞かせてほしいんだ」

そう言われて、すぐに頭は覚醒した。智哉が起きないようにそっとベッドを抜け出すと、望は貴臣についてリビングに下りる。そこには眞人と、元彦もいた。

「望くんが見つけたっていう手紙だけど、智哉のおもちゃ箱の中にあったんだよね？」

ソファーに腰を下ろしてすぐ、貴臣が聞いた。

「はい。底の方に……隠すみたいな感じっていうのが近いと思います」

「貴臣に確認させたんですけど、多分、前に問題を起こした保護者だろうと」

眞人が言い、貴臣は眉根を強く寄せて頷いた。

「……それが、なんで智哉くんのおもちゃ箱の中に？　まさか、家の中に入り込んで……？」

いや、考えづらい。三人が人前に出る仕事をしていることもあって、ホームセキュリティーは高レベルの物に加入しているし、玄関は常時施錠だ。

「智哉に直接手渡したんじゃねぇかって。最初に智哉の様子がおかしくなったのも、日曜に俺とスーパーに立ち寄ってからだ。今日も、おまえとスーパーに行った後様子がおかしくなったんだろう？」

元彦の問いに望は頷いた。

「でも、俺、スーパーでもずっと智哉くんと一緒にいましたよ」

「スーパーの客の中に相手がいた可能性は充分ある。俺も心当たりはねぇが……途中でちょっとだけ、智哉が一人でお菓子を見に行った時間はある。つっても、五分足らずだ。でも、五分ありゃ、智哉と接触するのは充分だからな」

苦々しい表情で元彦は言った。確定ではないものの、その時に何かあったという可能性から、どうして一人にしたのか、悔やんでいる様子だ。

「スーパーの客……。今日は売出し日だったから、お客さんは本当に多くて……」

そもそも相手の顔を知らないので望には見当もつかないが、智哉は覚えていたのだろう。危害を加えられるかもしれないという恐怖から、望から離れようとしなかったのかもしれない。

「とりあえず、手紙はあの保護者の物と仮定して、前にお世話になった弁護士の先生に連絡して、相手が取り決めをちゃんと履行してくれているかどうか確認してくれるように依頼しておきました」

眞人は現状で打てる手は先に打ったようだった。

「眞人くんに全部任せきりでごめん」

貴臣は謝ったが、眞人は「時間があっただけですよ」と気にしていない様子だ。

「とりあえず、幼稚園は当分休ませようと思う。スーパーも連れていかないようにしてもらえるかな」

貴臣の言葉に望は頷いた。確定ではないとはいえ、接触の可能性があった場所に智哉を連れていくのは危ないだろう。

「あ…でも、僕が買い物に行く間、智哉くんを家で一人、留守番させておくってわけにも……」

ホームセキュリティーを導入しているとはいえ、一人にさせるのは怖い。

「明日の食事だけ、今家にあるもので凌《しの》げませんか？　できるようなら、夜、誰かが帰ってきてからスーパーに行って翌日の買い物をしてもらうことにして」

「そうですね。それが一番安心だと思います」

眞人の提案に望は頷いた。

「…みんな、ごめん……」

その中、貴臣が謝った。

「頭の痛いファンに悩まされるのは、お互い様ですよ。僕たちは自分の身さえ守れればいいわけですけど、貴臣は智哉くんのこともありますから、大変なのは貴臣が一番でしょう」

「智哉のことは心配すんな。望が何とかする」

慰める眞人に続いて、元彦が深刻な空気を壊すように言った。

「なんで他力本願をドヤ顔で言うんですか？　何とかしますけど！」

望もそれに乗っかって、とりあえずちょっと怒ってみせる。

「そういうわけですから、貴臣はあまり思い詰めない方がいいですよ。……じゃあ、今日の鑑賞会に戻りましょうか。ちょうどヌキどころで貴臣が戻ってきましたから、やや興ざめですけど」

眞人はしれっとシモいことを言いながら立ち上がる。

「うわー、マコ様の口からヌキどころとか聞きたくなかったわ。ファンが泣くぞ」

笑って言って元彦も立ち上がり、地下へと連れだって向かう。

「貴臣さん、とりあえず安心してください。家の中にいる限り、智哉くんは安全ですから」

まだ眉間にしわを寄せたままの貴臣にそう声をかけて、望も立ち上がる。

「じゃあ、俺、寝てきます。……もし、小腹がすいてるなら、寝る前に何か作っときますけど？」

それに貴臣は頭を横に振った。

「ありがとう……。でも、大丈夫」

「そうですか？　じゃあ、おやすみなさい」

望は何でもない風を装って言い、部屋へと下がる。

本当は、もっと何か言葉をかけた方がいいのかもしれなかったが、適当な言葉は思い浮かばなかったし、簡単に思い浮かぶような適当な言葉をかけたくもなかった。

——智哉くんは、僕が守らなきゃ……。

それだけを、望は決意した。

8

弁護士から連絡があったのは二日後のことだった。

問題の保護者は三カ月ほど前に離婚し、問題を起こした母親は実家に帰っているらしい。

「実家に戻ったことも確認はできてて、一カ月ほど前から気分転換もかねてパートに出てるって」

夜、智哉を寝かしつけた後、リビングで貴臣は報告した。

「パート？　まさかそれって」

眉間にしわを寄せて眞人が問う。それに貴臣は頷いた。

「うん…、あのスーパー」

「マジか……」

前のめりになって話を聞いていた元彦が大きく天を仰ぎ、ソファーに背を預ける。

「でも、変な店員さんはいなかったですけど……」

思い返してもニコニコと笑顔で挨拶をしてくれる店員ばかりで、挙動のおかしな店員はいなかった。

「見た目はおかしな人じゃないんだよ。普通の人で……」

貴臣はそう言った後、弁護士からの報告書の入った茶封筒から一枚の写真を取り出した。

「これが相手なんだけど……スーパーで見たことある？」

そう言って渡された手紙を見て、望は絶句した。

「……見ました…、この前、お菓子売り場で商品補充してた」

そこに写っていた女性は、間違いなく売り出しの日に智哉に話しかけてきた、お菓子売り場の女性店員だった。あまりに普通の女性で、会話も一般的なものだったので、少しも疑わなかった。

「あのスーパーに望くんと一緒に智哉が買い物に来るって何かで知ったか、調べたかしたんだろうね。それで、智哉に話しかける機会を探って、智哉が一人の時に接触したんだと思う。手紙はその時に」

「ドッグランに行った後、俺とスーパーに寄った時か」

「特定はできないけど、智哉の様子がおかしくなった時期と合わせると、そう考えるのが適当かな」

自分と一緒にいた時だとほぼ断定されて、元彦は再び「マジか……」と言ってため息をついた。

「俺が言うのもおかしいけど、元彦さんのせいじゃないと思います。……たまたまあの日だっただけで、それまで智哉くんがお菓子売り場に一人で行くの、俺も容認してましたから……」

他の園児も同じようにしていたとはいえ、今考えれば、なんて危険なことをしていたんだろうと思う。そのまま誘拐される可能性だって、あったかもしれないのだ。

「ううん、やっぱり、俺、危機感が薄かったです。……本当に、すみません」

望は貴臣に謝った。だが、貴臣は頭を横に振る。

「望くんのせいでも、元彦くんのせいでもないよ」

「頭のおかしいファンのやることに予測をつけろって方が無理ですよ。こちらは安全のために接触しないという念書を交わしてましたし、向こうの手綱が緩んだのが原因ですからね」

眞人は二人に落ち度はないと言外に言った後、貴臣を見た。

「この後、どうするんです？　もちろん、相手に警告しますよね？」

「接触しないって条件を破ってるからね。弁護士の先生と一緒に話し合いに行くよ。それで、その時に望くんにも同席してもらえないかな。彼女が話しかけてきたっていう証言をしてほしい」

「分かりました」

「できるだけ早く日程を調整するつもりだけど……」

「俺はいつでも構いませんから」

「うん…ありがとう」

貴臣はそう返してきたが、苦悩は見て取れた。無理もない。貴臣にしてみれば理不尽な被害だ。

「話し合いは夜にしたらどうです？　今週と来週なら僕は夕方には家に戻っていますから、智哉くんを預かれますし」

「あ…、そうか、望くんに一緒に来てもらうなら、その間智哉を誰かに預けないといけないのか」

眞人の言葉に、今気付いた、という様子で貴臣は言う。

「……眞人くんにも世話をかけるね」

貴臣の声には元気がなかった。この状況で元気な方がおかしいとは思うのだが、眞人の返事は、

「店子が被《こうむ》ったトラブルに対応するのは、大家として当たり前のことですから」

冗談とも本気ともつかない口調のものだった。

「わぁ、大家さん頼りになるぅ」

それを全力で茶化して空気を変えようとするのは元彦だ。

元彦なりに、貴臣を気遣っていることはよく分かった。

「どうしてだろう……凄く元彦さんを殴りたい気持ちになるのは……」

とりあえず乗っかった望に、

「おや、奇遇ですね。僕もですよ」

眞人が同意をし、「おまえら、俺を迫害してんだろ！」と元彦が切れたところで、貴臣が少し笑った。

「この流れになるって分かってて言う元彦くんも凄いよね」

「最近、眞人と望がすぐに結託するから、タチが悪ぃよ」

あーあ、と元彦はわざと大袈裟に落ちこんでみせる。

「とりあえず、智哉くんはしばらく引きこもり続行ということで。まあ…わんわんと裏庭で遊べれば満足な感じのインドア派みたいですから、不自由はないかもしれませんけれど」

眞人の言葉に貴臣は「もう少し、活発さが欲しいんだけどね……」と、父親の顔で苦笑した。


相手との話し合いは、翌週の水曜の夜に行われることになった。

スーパーの中で起きた事案であることと、相手を刺激しないためもあって、協力してもらい、シフト調整をして彼女の勤務時間内にバックヤードの会議室に呼び出してもらうことになった。

店長に呼び出されて会議室にやってきた彼女は、どうして呼び出されたのか訝《いぶか》しい顔をしていたが、座している貴臣を目にした途端、豹変した。

「キシン！　やっと、私を迎えに来てくれたのね！　でも後三カ月待ってもらわなきゃ。そうしたら六カ月経つから再婚できるの！　それまでは同棲かしら」

ニコニコ笑顔の彼女に、望は戦慄しか覚えなかった。

「北野田《きたのだ》くん、座りなさい！」

一喝する店長の声に、彼女は不満げな顔をしたが、従った。

会議用の机二つを挟んで向かいに座した彼女は、貴臣を見るとまた笑顔になる。

それは、どこか普通ではなさそうに見える笑みで、望の背中を冷たい物が走った。

「北野田江利茄《えりな》さん。以前にもお会いしましたが、弁護士の柊《ひいらぎ》です」

その中、弁護士が口を開いた。その声でようやく弁護士の存在を認めたのか、彼女はむっとした表情になり、睨みつけた。

その彼女に、弁護士は淡々と事実確認を始める。

「以前交わした念書を覚えていらっしゃると思います。篠沢さんと、御子息の智哉くんとは接触しないという取り決めをしましたが、先日、それを破られましたね。こちらの槙田さんがご一緒の際に智哉くんに声をかけられた。違いますか？」

「いいえ。だって、もう念書なんて無効だわ。結婚するんだから。智哉くんは息子になるんだし」

くすくすと笑いながら彼女は言う。この前、会った時とはまるで別人のようにさえ見えた。

弁護士も彼女が「普通ではない」ことはとうに察していて、彼女の言葉には一切取り合わず、

「念書は無効ではありません。篠沢さんはあなたとは一切の接触を断ちたいとおっしゃっています。こちらの念書にある『上記取り決めを破った際には、即時生活圏外への引っ越しをする』というこの文言の遂行をお願いします。聞き入れていただけない場合は公的機関で対応を取ることになります」

こちらの要求のみを突きつけた。

「やめてよ、キシン。この人、帰らせて！　二人きりで話しましょう？　あなた誤解してるのよ」

だが、彼女はあくまでも自分理論を振りかざしてくる。それに嫌気がさしたのだろう、

「あなたには迷惑しています。興味もまったくない。今後僕たちには一切関わらないで下さい」

貴臣は吐き捨てるように言った。その口調は冷たく、そしてどこまでもきつく聞こえた。

貴臣の言葉は、夢想の世界で暮らしている彼女には衝撃的だったのだろう。

「どうしてそんなこと言うの？　愛してるのよ？　そいつに騙されてるのよ！　私の話を聞いて！」

立ち上がり、金切り声をあげる彼女を止めようと店長が立ち上がった。

だがその手を振り払い、貴臣に近づこうとする。その様子に、とても話し合いどころではない、と弁護士が「一旦出ましょう」と告げ、望と貴臣は立ち上がった。その様子に帰ることを悟った彼女は、

「キシン！　私のこと愛してるって言ったじゃない！　何度も、何度も！」

まるで獣の咆哮《ほうこう》のような声で叫んだ。

「北野田さん、落ち着きなさい！」

店長が錯乱した彼女を羽交い締めにしようとするが、彼女の抵抗は激しかった。

「邪魔する奴は全部殺してやるわ！」

会議机を蹴りとばし、来客用に置いてあった湯呑みやコーヒーカップなどを手当たり次第に投げ始める。決して狙ったわけではなかっただろうが、投げられた湯呑みの一つが望の額にヒットした。

「イ……っ！」

「望くん！」

貴臣が心配して望の様子を窺おうとする。

「なんでそんな奴の心配をするのよぉぉぉ！」

貴臣の関心が自分以外に向いたことが許せないのか、彼女はパイプいすを振りあげ、望に向かって

投げつけた。

だが、咄嗟に貴臣が望を庇《かば》うように抱き込み、彼女が投げたいすは望ではなく、貴臣に命中した。

「……っ！」

「貴臣さん！」

それは予想以上の衝撃だったのだろう。貴臣は膝をついた。その時、

「大丈夫ですか！」

騒ぎを聞きつけた警備員が駆け付け、店長と二人がかりで暴れ続ける彼女を取り押さえた。

「貴臣さん、大丈夫ですか！」

「……っ…うん…、ちょっと、くらくらする、かな」

多分、貴臣は笑おうとしたのだろう。だが、痛みの勝ったその表情は、とてもじゃないが大丈夫などとはほど遠いものだった。

「すぐに救急車を手配します。それから、彼女は別室へ！」

弁護士が指示を出し、店長は慌てて彼女を外へと連れ出した。

引きずられていきながらも彼女が叫んでいる声がしていたが、それを聞いてももう、何も感じないほど望は動揺しきっていた。

◇◆◇

「打撲っていっても、意外と不自由なものだね」

翌日、部屋に運ばれてきた遅めの朝食をベッドで取ろうとしていた貴臣は、腕を軽く持ち上げただけで走る痛みに顔をしかめた。

昨夜、到着した救急車で病院に向かった貴臣と望は一通りの検査を受けた。

望は湯呑みが当たった影響で小さなこぶができ、今日になってそれが少し青くなってはいたが、生活に支障はなかった。

だが、貴臣はパイプいすのパイプ部分で頭の右側と、それから肩を強打していた。頭部はCTの結果、頭蓋内は心配ないらしいが、髪で隠れていて分からないものの望以上のこぶができているし、肩の打撲は食事をするのにも不自由なレベルだ。そのせいで、二日ほど仕事を休まねばならなくなった。

安静にと言われていることもあり、貴臣は今日は基本的にベッドで過ごすことになったのだ。

「やっぱり、他の物にした方がいいですね。左手だけでも食べられる物、持ってきます」

今日の朝は和食で、一応パンにするかと聞いたのだが、米が食べたいと言うのでみんなと同じ物を持ってきたのだ。

しかし思った以上に腕が痛いらしく、箸を持つのにも少し苦労している様子だ。

「いいよ、大丈夫……」

「でも」

そんなに痛そうなのに、と望が言いかけた時、部屋のドアがノックされた。やってきたのは眞人だったが、部屋にいた望を見て軽く首を傾げた。

「もしかして、お邪魔でした？」

「食事を持ってきただけですよ」

「なんだ、つまらない。……弁護士の先生がいらしてますけれど、会いますか？　それとも僕が話を聞いておきましょうか？」

さらりと毒を吐きつつ、用件を伝えてきた眞人に、貴臣は僕が行くよ、とベッドから出て、望も当事者になってしまったからと言われて同席した。

昨日、望と貴臣が病院で検査を受けている間、弁護士は女性店員の両親と話し合いに入っていた。

前回の騒ぎの時にも同席していた両親は、今回の騒ぎに衝撃を受けている様子だったが、前回のことを知っているだけに話は早かった。

子供の頃から思い込みが激しかったそうだが、特に問題を起こすようなこともなかったらしい。

だが、前回と今回の件を考えると精神的に問題を抱えている可能性があることから、しかるべき病院で診察を受け、必要ならカウンセリングを受けてもらうことが決まった。

そして、昨夜のことに関しては暴行で警察に被害届を出すことになったという。

「前回は相手のお子さんのことも考えて、表沙汰にはせず穏便にすませましたが、二度目ですからね。それに離婚されていますし、お子さんの将来に傷がつくこともあまり心配せずにすむでしょう」

弁護士は淡々とした口調で言った。

そして、彼女の両親は、彼女を連れて離島にある母親の実家に引っ越すつもりのようだ。なまじ貴臣の近くに住んでいると、また同じことを繰り返す可能性があるからだ。

近いうちに不動産会社に連絡を取り、家を売り払うつもりだと言っていたらしい。

「一応、ひと安心ってことでいいんですよね？」

弁護士が帰り、部屋に戻った貴臣に、食べやすいようにおにぎりを作って持っていった望は聞いた。

「引っ越してくれるまでは本当に安心ってことにはならないと思うけど、一応はね」

そう言った貴臣の顔は、安心という言葉とはかけ離れて思えるくらいに沈んだものだった。

「ケガ、痛むんですか？」

貴臣は今日一日様子を見て、明日、念のためにもう一度頭部のCTを撮ることになっている。頭部は後で症状が出ることもあるからだ。それが心配で聞いてみたのだが、貴臣は頭を横に振った。

「ううん、痛みは動かなきゃ大丈夫だよ。ただ……僕がこういう仕事をしてるせいで、智哉には嫌な思いをさせてるなって改めて思って……。その挙句、望くんにもケガをさせて……。大事な人を二人とも、自分のせいで傷つけてるってことが、凄くつらい」

「貴臣さんのせいじゃないですよ。作り物の世界と現実は違うって、そのことを理解できてない方がおかしいんですから」

「うん…、それは分かってる。でも…」

「それに、俺のこと、ちゃんと助けてくれたじゃないですか。俺のケガなんか、全然大したことじゃないです。片付けに夢中になってて棚の角で頭打つとか、そんなレベルですよ、こんなの」

だから気にしなくていいのだと言ったが、貴臣は黙ったままだった。

余程今回のことが――離婚のことも含めてかもしれないが――こたえているのが分かる。

そのどちらも、貴臣のせいではないのにと思うと、言葉をかけたいのだが、どうしてもうまい言葉が出てこなかった。そして沈黙が続く中、不意に部屋のドアがノックもなく開いた。

「……智哉くん…」

入ってきたのは絵本を持った智哉だった。足元には犬がいる。

「ぱぱ。あのね、おみ…まい。えほん…、とも、よんであげる」

智哉の言葉に貴臣は微笑んだ。

「智哉が読んでくれるの？　嬉しいな。おいで」

貴臣の言葉に智哉がベッドによじ登り、貴臣の傍らに腰を下ろすと、智哉についてきた犬はベッドの傍らにちょこんと行儀よく座った。

「じゃあ、俺、下に戻りますね」

このままここにいても仕方がないので、あとは智哉に任せて望は貴臣の部屋を出た。

一階に下りてくるとちょうど眞人が仕事に出ていくところだった。

「貴臣の様子は？」

「……落ち込んでるみたいです。自分のせいでって」

「望くんのその様子だと、面倒臭い落ち込み方してるみたいですね。……まあ、いつもの貴臣のパターンだと思えば珍しくもありませんけれど」

つきあいの長さゆえか、特に心配する様子もなく眞人は言って、仕事に出かけていった。

「いつものパターン、か……」

眞人がそう言うのなら、そうなのだろうが、どうしても心配になってしまう。

だからといって何ができるわけでもないので、望はできるだけ貴臣の気持ちが上がるように、貴臣の好きな料理を出してみたり、何気ないことでも話しかけてみたり、それくらいのことしかできない。

だが、貴臣の反応は薄かった。薄いというか、むしろ避けられている感じすらある。

もちろん、無視されるというようなものではなく、挨拶などを含めた「普通の会話」はある。

だが、以前のように望をからかうような、それでいて籠絡《ろうらく》するような会話などは一切ないのだ。

それは日を追うごとにはっきりとしてきて、傍目にもぎくしゃくしているのが分かったのだろう。

貴臣が仕事に復帰して一週間が過ぎたころ、仕事に行く前の時間を使ってリビングで犬の躾をしていた元彦に望は声をかけられた。

「なあ、望。おまえと貴臣だけどさぁ、どうしちまってんの？」

「はぁ？　知りませんよ。あっちに聞いてください」

正直、聞かれるだけでイラっとした。

こっちはどうもしないのに、あっちが避けているのだから、どうしようもないのだ。

「やっぱアレ？　あの頭のおかしい女の件でいろいろ貴臣がヘコんでる感じ？」

だが、望の八つ当たりなど気にもせず、元彦は聞いてくる。

「俺がケガしたりしたんで、申し訳ないって。あんなもんケガの内にも入りゃしないっていうのに。眞人さんいわく、いつもの貴臣さんのパターンの面倒臭い落ち込み方、らしいですけど」

「さすが、眞人、容赦ねぇな。まあ、そのまんまだとは思うけど、実際自分絡みで好きな奴が被害被ったら、ヘコむだろうよ。俺でもかなりキツいわ、そんな状況」

智哉が幼稚園に行きたくないと言いだした時、一番うろたえていたのが元彦だから、確かに元彦も同じ状況なら落ち込むだろう。むしろ貴臣より落ち込むかもしれない。

「それは分かるんですけど……なんていうか、無視ってわけじゃないけど、ソフト放置プレイみたいっていうか、正直生殺しって感じで居心地悪いんですけど」

一線を越えなかったとはいえ、あんなことをしておいて、今さら何もなかったようになんてできるわけがない。貴臣はどうか分からないが、少なくとも望には無理だ。そんな望に、

「じゃあ、居心地よくしちまえよ」

元彦はさっぱり意味のわからないことを言ってきた。

「は？」

「貴臣は、怖気づいてるだけで、おまえに対しての気持ちが変わったとか冷めたとかじゃねぇ。むしろ、おまえがいろいろ気を遣ってくれてんのに、それに応えたらなし崩しにまたおまえを巻き込みそうでつらい、みたいな感じっぽいから、おまえのことを好きなのは変わってねぇよ。そこで、だ」

元彦はそこまで言って一度言葉を切って立ち上がり、本棚の一番上から一枚のＤＶＤを取り出して、望に渡した。

「おまえがサービスしてやれば、貴臣は陥落する。これを見て学べ」

渡されたＤＶＤはどこに売ってるんだと聞きたくなるような下着を身につけた半裸の可愛い系男子がパッケージを飾っており『雌穴調教日誌――僕をあなたの雌にしてください♡』というタイトルが付けられていた。

ようするに、ゲイＤＶＤだ。

それを見た瞬間、望はもはや条件反射ともいうべき速さで元彦のスネに蹴りを入れた。

「痛ってぇ！　おまえ俺の気遣いを！」

「気遣いが三歩先すぎんですよ！」

その望の言葉に、元彦はにやりと笑った。

「気遣いの方向性は間違ってねえのか」

「次は金的狙いますよ。……まあ、一応、借りておきます」

望は耳まで真っ赤にしながら、元彦の手からひったくるようにしてＤＶＤを取った。

「決行日決めたら教えろ、協力するから」

ニヤニヤ笑いながら言う元彦に、望は眉根を寄せながら、黙って小さく頷いた。


数日後、貴臣が仕事を終えて帰宅してきたのは日付が変わって間もなくの頃だった。

三現場をこなして帰ってきた貴臣をリビングで出迎えたのは、風呂上がりらしい眞人と、犬を抱いた元彦だ。

「おう、おかえり。お疲れさん。ケガ復帰後初の三現場、どうだよ」

「まあ、疲れたと言えば疲れたかな」

「おまえがコンスタントに三現場こなしてくれるようになったら、俺、楽できんだけどな」

笑って言う元彦に、貴臣は苦笑した。

「それは嫌かなぁ。智哉と過ごす時間はちゃんと持ちたいし」

「子煩悩なパパですからね、貴臣は」

眞人の言葉に、元彦は思い出したように言った。

「あ、そうだ。智哉、今日は俺の部屋で寝てるから」

「元彦くんの部屋で？　珍しい」

「今日、俺、休みだったから智哉と遊んでたんだよ。その流れで風呂入れて、俺の部屋で風呂上がりにまた遊んで、その途中で寝落ちしちまったから。朝まで俺の部屋で寝かしても問題ねぇだろ？」

貴臣がいない時の寝かしつけは望のことが多いが、場合によっては眞人の時もある。場所は貴臣のベッドだったり、それぞれの部屋だったりまちまちだが、後者の場合、そのまま朝までそこでということも珍しくはない。

「でも、智哉、朝わりと早く起きちゃうと思うよ。元彦くん、ゆっくり眠れないんじゃない？」

元彦は一番起きるのが遅い。帰宅時間が遅いからということもあるのだが、仕事で疲れて眠りが深いというのも理由だ。

「今日は俺ももう寝るし、起こされても二度寝するから平気だ」

「じゃあ、頼めるかな。ありがとう」

智哉の寝場所が決まったところで、眞人が立ち上がった。

「じゃあ、僕もそろそろ寝ます」

「そうだな。貴臣、おまえもさっさと風呂済ませて寝ちまえよ」

そう言って元彦と眞人が階段を上っていく。貴臣も少し遅れてその後を追った。


入浴を終えた貴臣が寝支度を済ませ、部屋の電気を消したのは、帰宅から一時間後のことだ。

ベッドに横たわり、目を閉じた時、ノックもなく部屋のドアが開いた。

基本的に大人はみんなドアをノックして入ってくる。そうしないのは智哉だけで、もしかしたら智哉が起きてこっちに戻ってきたのかもしれない、と瞬時に思ったのだが、部屋に入ってきたシルエットは大人の物――というか、どう見ても望だった。

「望くん？」

間違いないと思いつつ確認すると、後ろ手にドアを閉めた望は返事もせずに歩み寄ってきた。

そして、貴臣の掛け布団を問答無用で取りはらい、ベッドの上に乗ると、中途半端に上半身を起こしている貴臣に馬乗りになった。

「夜這いにきたんですけど？」

「え……？」

「聞こえませんでしたか？　夜這いです。男のロマンの一つでしょう？」

言いながら望は着ていたパジャマ代わりのTシャツを脱ぎ棄てる。部屋の暗さに目が慣れたことと、満月には幾分か足りないものの丸さをかなり帯びた月の灯りでその姿はよく見えた。

「ちょ……ちょっと待って。落ち着こ？」

正直、展開が怒涛《どとう》すぎて貴臣はついていけなかった。

望のことは好きだし、そういう関係にというか、恋人になりたいとずっと思っていた。だが、まさか夜這いをかけられるとは思っていなかったので、戸惑うしかない。しかし、望は、

「うるさい。チキンは黙ってろ」

貴臣の言葉を即座に切り捨てた。

「チキンって……」

「こっちは元彦さんに予習しろってゲイビまで渡されて、智哉くんを預かるっていうおぜん立てまで完全にされて、結果、何にもできませんでしたとか、言えない状況だから！」

「ゲイビって…見たの……」

「…だったら？　とにかく、しますから」

色気も何もなく、望はTシャツに続いて下着ごとパジャマズボンを脱ぎ棄てると、貴臣のパジャマに手をかけた。だが不慣れな望の手はパジャマのボタンを外すのもおぼつかない様子で、それでも必死に何とかしようとする様子が愛しくて仕方がなかった。

愛しくて、ずっとそばにいたくて——けれど、今回の件で自分がそばにいることは望にとってマイナスにしかならないのではないか、と思えた。

騒ぎの前にしたことは、望の気持ちを無視して体に快楽を覚えさせ、自分への気持ちを錯覚させて、あわよくば自分を好きだと思わせようとしたような気もして、距離を置くことにしたのだ。

無論、同じ家に住んでいるので物理的な距離はほとんど変わらないのだが、あまり話をしないように、くらいしかできなかった。しかしそれだけでも貴臣はつらかった。

望が自分のことを気遣ってくれているのが分かるだけに。

だが、その望が今、上半身裸で自分の上に乗っかっているのだ。

「望くん、ごめん」

謝った貴臣に望の動きが止まる。拒絶を意味する謝罪かと思った次の瞬間、望は起き上がった貴臣によって、そのまま背後に押し倒された。

「え…あ……っ、んっ」

突然変わった位置関係に戸惑っている間に、上からのしかかってきた貴臣の顔が間近に迫っていて、そのまま口づけられた。性急に唇を割って舌が入りこんでくる。好き勝手に動き回る貴臣の舌に口の中を蹂躙《じゅうりん》されて、くちゅ…ちゅぷっと、濡れた音が響いた。

「……っ…んっ、ぁ、あ」

色恋に疎《うと》い望にといえど、キス自体は初めてではない。初めてではないが、それまでの経験など、お粗末なものというか、酒の席でふざけて奪われた軽いもので、それをカウントに入れていいかどうか甚だ疑問だ。

そんなわけだから、望にとって今、貴臣にされているキスは初めての仕様のものだった。

「……ん…ぅ……、んんっ」

呼吸のタイミングも分からないせいで、酸素が薄くなって、頭の中がぼやけてくる。その中、貴臣の手が望の胸に伸びて、小さな尖りを指先で捕らえた。

「……、っ…ゃ……、あっ…ぅ…んっ……」

くすぐったくて、唇の間から声が漏れる。だが、その声さえ塞ぐようにさらに深い口づけを与えられて、背中を寒気の様な何かが駆け上がっていく。

ちゅ、くちゅっとわざとのように立てられるリップ音が恥ずかしくて仕方がなかったが、望はその恥ずかしさすら、そのうち感じる余裕がなくなった。

どのくらい貪られていたのかは分からないが、望の胸をいたぶりながら散々口づけて満足したのか、貴臣はゆっくりと顔を上げた。

「…っあ、あ……っ…あ……」

やっと自由に吸える空気に声を漏らしながら息を継ぐ望の唇と、貴臣の唇を繋ぐように唾液が糸を引く。それを舌先で貴臣はゆっくりと舐めとると、

「キスだけで、そんな蕩けた顔して……」

フェロモンだだ漏れの表情と、腰にクるような甘い声で囁いた。

――あ……、そういえば俺、最初っから貴臣さんの声とか顔とかに弱かったっていうか……。

そんな、ちょっとどうでもいいことを思い出すくらいには、望の頭は酸欠でくらくらしていて、ぼんやりと貴臣の顔を見つめたままになる。

「もっと、とろとろにしてあげる」

貴臣は総毛立つような艶っぽい笑顔で言うと、望の下肢で熱を孕みかけている自身を手にした。

「あ……っ、あ…！」

「望くんのイイところは、この前教えてもらったから、たっぷりシテあげるね」

そう言うと貴臣は手にした望をゆっくりと扱《しご》き始める。それだけでも背中をあからさまな快感が駆け抜けた。

「……っ…あ、待って、や……」

「待てないし、嫌じゃないでしょう？　ほら、濡れてきた」

少し触れられただけなのにあっという間に熱を孕んだ望自身からは、貴臣の言葉通り、先走りの蜜が溢れて零れ落ちる。

グチュグチュと濡れた音を立てて扱かれて、いたたまれなさと同時に恥ずかしさが募った。

恥ずかしいのに、気持ちがよくて、どうしていいのか分からなくなる。

「あ…っ…ぅ…っ…、っ」

「気持ちいい？」

「……っ…、あ、あっ！」

答えられないのが分かっていてわざと聞いてきた貴臣を睨みつけるようにすると、まるで仕返しのように弱い先端部分を強く擦ってきた。

「やぁっ、あ……あっ」

「気持ちいいよね？　こんなにいっぱいお汁漏らして……べちょべちょだ」

貴臣の手が動くたびに、じゅ、ぐじゅっとさっきよりもさらに水気の濃い音が響く。

「ああっ、あ、あ……」

「素直に気持ちいいって言ってくれたら、もっとヨくしてあげる」

甘い毒の様な声が望を籠絡してくる。それに一度は頭を横に振ったが、再び弱い場所を擦りたてられ、畳みかけるように「気持ちいい？」と聞かれて、望は頷いた。

「……もち、い……、…ぁっ、あ、きもちいい……」

小さな声だったが、それでも答えたことに気をよくしたのか、貴臣は手にした望を早い速度で扱き始めた。

「ああっ、あ、あ……、ぁあっ」

「いい子。約束通り、もっとヨくしてあげる」

貴臣はそう言うと、不意に体を下げた。

どうしたんだろう、と霞がかかったような頭でぼんやりと見ていると、貴臣は手で弄ぶ望自身に顔を近づけた。

「……ぇ…あ、あ…だ…」

だめ、と言葉にするより早く、貴臣は望自身を深く咥えこんだ。

「やぁっ…あっ、あ、あ……」

甘く歯を立ててゆっくりと顔を引き上げてくる。そして先端だけを口に含むと強く吸い上げた。

「あっ、あ…だ、め……だめ…」

強すぎる刺激に、勝手に腰が跳ねてしまう。

だがその腰を貴臣はしっかりと押さえこむと、吸引しながら何度も頭を上下させてくる。

初心者の望には酷な愛撫である上に、すでに指で充分感じさせられていたせいで、すぐに達してしまいそうになる。

「だめ……っ…か、おみさ…だめ、もう……放して…」

力の入らない手を貴臣へと伸ばし、限界が近いことを告げる。

だが、貴臣は伸びてきたその手を、片方の手で掴むと、目だけで笑み、蜜を零す先端の穴を舌先でぐりぐりと暴くようにして差し入れようとしてきた。

「やぁっ、あ、だめ、やだっ、あ、ああ!」

強い刺激に望は切羽詰まった声を上げる。逃げようと腰をよじろうとしたが、うまく押さえこまれてしまっていて、僅かに腰が蠢いただけだった。

「あっあ……っ、ゃ…あっあああ!」

最後通牒を突きつけるように強く吸い上げられて、望はとうとう貴臣の口の中で蜜を放った。

「ぁ…あっ、あ、あ」

だが放っている間もビクビクと震える望自身を甘く噛んだり吸い上げたり、貴臣は愛撫を緩めようとしない。達したばかりの敏感すぎる自身を弄ばれて、望はもう喘ぐ以外にできなかった。

貴臣は放ち終えた望を散々舐め回して、中途半端に勃起するところまで弄んでからゆっくりと顔を上げると、濡れた唇を指で拭った。

「いっぱい出たねぇ…、ごちそうさま」

フェロモン増し増しの笑顔で言ってくる貴臣に、望は憤死したくなるほどの羞恥に襲われた。

「……っ！　へん…たい……っ」

恥ずかしすぎて、悪態をつくしかない望を、可愛くて仕方がないという表情で見つめた貴臣は、

「うん、望くん限定で変態だね、きっと」

そう言った後、指をそっと望の後ろに這わせた。

「ゲイビ見たって言ってたけど……ここ、シテいいの？」

それがどういう意味が分かりかねたが、ふっとあることに気づいて、望は頷いた。

「……一応…、キレイには、した…つもり……」

「え…、準備してくれたんだ？」

問われ、望は無言で再度頷く。

元彦からゲイビを渡された日の夜、望の携帯電話に眞人からのメールが届いた。

『お勧めのサイトです』というタイトルのつけられたメールの本文にはとあるウェブサイトのＵＲＬが記載されており、それをクリックして——望は後悔した。

『アナルセックス初心者のためのアレコレ講座』と題されたサイトだったからだ。

そっちを使ったセックスをするのは別にゲイに限ったことではないため、両性を対象にしたサイトだったことだけは救いだったが、最初は見るのも恥ずかしかった。

だが、使う場所が場所だけにちゃんと準備をしないといけない、と真面目に書かれていて——望は準備をした。

薬局で浣腸を前に立ちつくしたのは、すでに葬りたい黒歴史だ。

結局、他のいろいろな物も含めて通販したが。

「そこまでしてくれたなんて…、うわ…なんか、凄い感動する……」

貴臣は感嘆したように言った後、ちょっと待ってて、と言い置いて、一度ベッドから下りた。

そして、床に置いた仕事用のカバンから化粧水か何かが入っているようなプラスチックのボトルと、コンドームの箱を手に、再びベッドに戻ってくると、まずはプラスチックボトルの蓋を開けて中身を手のひらに取り出した。

「……何…」

「潤滑用のローション」

「中…買ったローションで濡らして、準備、してきた、けど……」

「自分で指、入れて？　何それ、凄い見てみたいんだけど」

真剣な顔で言われて望は慌てて頭を横に振る。

「む…無理！　やだ！」

「だよね。まあ、そのうちオプションでお願いしようかな。……どんな感じに準備してくれたのか、確認していい？」

貴臣の言葉に望は躊躇しか覚えなかったが、嫌だと言っても多分なんだかんだと理由をつけてくるような気がしたので、少し間を置いてから頷いた。

「じゃあ、後ろ、触るね。力抜いてて」

そう言われ、望はいろいろ諦めて目を閉じる。後ろにローションを纏った貴臣の指が触れて、表面に擦りつけるような動きをみせたかと思うと、ツプっと中に一本、入りこんできた。

「……っ…ぁ」

「息詰めないで……ちゃんと、息して」

言いながら貴臣は長い指をゆっくりと入りこませていく。

「う…あ…、あ……」

「確かに、濡れてるみたいだけど…狭いね。慣らしたりってことまではしてないのかな」

答えづらい問いをされて望は眉根を寄せたが、頷く。

サイトには、拡張の仕方も載っていたのだが、そこまでは到底できなかった。

眞人と元彦に相談――別にそのことについてではなく、夜這いをいつ決行するかなどについて作戦を組んだ時に、流れで事前に慣らしておいた方がいいとは言われた。

だが、とてもじゃないけどできないという望に、

『まあ、撮影で後ろ使うプレイも何回も経験してるだろうから、洗浄だけ自分でやって後は貴臣に任せてもいいとは思うけどな』

と元彦が言ったので、自分でできる範囲のことだけして、あとは成り行きに任せることにしたのだ。

「じゃあ、気持ちよくなれるように僕がたっぷり慣らしてあげるね」

貴臣は期待通りの言葉を――エッチな意味ではなく――言ってくれ、中に埋めた指をゆっくりと動かし始めた。

自分の中で勝手に蠢く物があるというのは、物凄く奇妙な感覚で、痛みがないのは幸いなのだが、正直に言うと気持ちが悪い。

だが、貴臣の指は内壁をくすぐるように撫でながら、ぬるい抽挿を繰り返した。

違和感ばかりが強かったが、単調な動きに慣れると知らない間に体に入っていた力が抜けた。

「指、増やすね」

言われて頷けば、明らかに圧迫感が増した。それに眉根が寄ったが、相変わらず動きは単調だし、特に警戒するようなことはなにもなかった。

――ＤＶＤで男優さん、凄い喘いでたけど……やっぱ作りものだから、だよな。

強い違和感からくる気持ちの悪さはないが、気持ちがいいわけでもなくて、多分もう少し大きさに慣れて貴臣の御立派なそれが入ってきても、サイズにさえ何とか慣れれば大丈夫だろう。

そう思っていた時、中に埋められた貴臣の指が執拗《しつよう》に同じ場所をヤワヤワと動きながら撫でているのに気付いた。

何をしてるんだろう、と思ったが、いろいろ聞くのも恥ずかしいので――貴臣がするままに任せていた。そのうち、時々変な感じがするようになったが、特に気にも留めなかった。だが、

「そろそろ、感じてきたみたいだね」

貴臣のひそやかな声がして、何？　と窺うように望が閉じていた目を開いて貴臣を見た瞬間、中の

指がこれまでよりも強い力で、そこをひっかくようにして動いた。

「あ…っ…、あ、あ、…え？」

ソコに何かある。

気付いた時にはもう遅かった。小さなしこりのようなそれを貴臣は転がすような動きでひっかき始め、それに合わせるようにおなかの奥の方から疼《うず》きとしかいいようのない感覚が湧き起こった。

「や……ぁ、あ、待って、待……っ…あ、だめ、あっ」

「うん、だめになろうね」

待って、と言っているのに貴臣は聞き入れるつもりなど毛頭ない笑顔で、さらにその場所をいたぶってきた。

「あ、あっ……！　あ、やめ…て…、なん、で…待っ……あ、あっ」

望の体が不自然にひくつき始める。

体の中をゾクゾクとしたものが走るのが止まらなくて、貴臣の指を受け入れている後ろが何度も指を締め付けている、

「や…っ…あ、だめ、あっ、ああっ」

ぐじゅぐじゅっと濡れた派手な音が下肢から起こる。そんな音が立つくらい強く中をかき回されているのに、後ろは痛むどころか、快感しか伝えてこなくて望は戸惑う。

だが、その戸惑いさえ、湧き起こる愉悦が押し流してしまうのだ。

「んっ…あ、あ、ひ…っ…あ、あ、だめ、そこ、やぁっ、あ、あ」

「可愛い。もっとグズグズに泣いて気持ちよくなって。そうしたら、俺のでもっと気持ちよくしてあ

げる」

囁く貴臣の声に、あの日リビングで見た貴臣のそれを思い出した。

——あの、大きなの、で……。

そう思った瞬間、望の中に湧き起こったのは恐怖ではなくて、悦楽で。

「ふ…っ…あっ、あ、や……っ」

「もっと気持ちよくなれるって分かってるんだ」

いい子だね、と耳元に囁いて、さらに指を増やした。

「う…あ、あ」

容積が急に増えて圧迫感に喉《のど》が鳴る。

だが、増やした指で弱い場所を責めたてられて、望は体をガクガク震わせた。

「やぁっ…あぁぁ…っ…！　だめ、おかし……、おかしくなる…っ…あ、あ」

後ろからの刺激で、一度達した後、中途半端に煽られて放置されていた望自身は完全に熱を孕んで、新たなしずくを腹の上に零していた。

「うん、気持ちがいいね。ここもいっぱい、エッチな汁零してる」

貴臣は後ろを穿《うが》つ指を止めないまま、もう片方の手で望自身を捕らえた。だが、優しく包みこんだだけで動こうとしない。

それなのに触れた手の感触だけでもたまらなくて、望はのけぞった。

「あぁ…っ…あ、あ」

「可愛いなぁ…こんなに蕩けた顔しちゃって……」

言葉とともに、先端の蜜穴を指の腹でごく軽く撫でられて、望は濡れた声を上げた。

「あっあ、あ」

「これだけでイっちゃいそう？　でも、今、イくとつらくなっちゃうからね。ちょっと待って？」

貴臣はそう言うと、望自身から手を離し、そして中に埋めていた指も引き抜き始めた。

消えていく圧迫感に安堵を覚えている自分が確かにいるのに、抜けていく指を引きとめるように内壁が強く狭まる。

「もっといいものあげるから」

宥めるような声をかけながら貴臣は指を引き抜いた。

そして濡れた指を自身のパジャマで拭うと、ボタンを外して脱ぎ始める。

鑑賞会で貴臣の出演作だったりした時に何度も見ているが、きちんと鍛えられた綺麗な体だなとぼんやりと見ていると、貴臣は下着ごとパジャマズボンを引き下ろした。

現れたのは充分に熱を孕んだソレで、涼しい顔で人を煽っていたのに、こんなになっていたのかと逆に驚く。

「何？　そんなに見て」

思わず凝視してしまっているのに気付いたのか、貴臣は笑いながらコンドームの箱を手に取った。

「……着けるん、ですか…？」

「うん？　着けなくていいの？」

「…ＡＶのときは、着けてなくない、です？」

いつでも好きなのを持っていって見ればいいとは言われていたが、同居人の出演作を見る気にはなれなくてちゃんと見たことはない。

だが、いわゆるフィニッシュのあたりでは中から抜き出したソレから精液をぶちまけるとかそういう演出があるので、着けていることもあるだろうが、着けないこともあるんだろうなと漠然と思っていた。しかし、

「撮影の時もちゃんと着けてるよ。昔はどうか知らないけど、今は生でやってる感を演出したりはしてても、ちゃんと着けてる」

モザイク処理をしたり編集でそのあたりはうまくするらしい。

「着けなくていいなら、着けないけど」

そう言われても、どう答えていいか望は分からなくなる。そもそもあんな場所に入れるのだから、着けた方が貴臣の体的には安心だろうという結論に達し、着けてください、と言いかけたその矢先、

「ホントはプライベートでも着けた方がいいのは重々承知してるんだけどね。体が資本の仕事だし……。でも、プロ意識には欠けちゃうけど、望くんのハジメテをもらうんだから……」

貴臣は言って、コンドームの箱を放り投げた。

「じゃあ、いただきます」

この場に不似合いとも思えるような言葉を口にして、貴臣は自身の先端を望のそこに押し当てた。指で散々蕩けさせられたそこは、押し当てられたそれに期待するようにヒクついてしまう。だが、貴臣はすぐに入ってこようとせず、押し当てた自身で弄ぶように何度も擦りつけた。

「や…っ…あ、あ」

もどかしさに望が腰を揺らせば、ゆっくりと押し開くようにして先端が入ってくる。

「ぁ…あ、あ」

早く、とせがむように望の中が蠢くのが分かる。それでも貴臣は焦らすように先端を浅く含ませると、引き抜いてしまった。

「やぁ…っ、あ、なん、で……」

「なんか、もったいなくて……」

ハジメテをもらうんだから、時間をかけたいなと思って、などと囁いてくる。だが、後ろでの悦楽を教えられた望は眉根を寄せた。

「…ばーか、ばーか！」

文句を言ってやりたいのに、悦楽で頭の半分くらいが焼き切れたような状態では子供以下の悪態くらいしか出てこなかった。

「望くんは、なんでこんなに可愛いんだろうね。……たまらないな」

貴臣は言うと自身の唇を舐め、入れるよ、と宣言して押し当てたそれを再び中へと埋めてきた。

指とは全然違う質量と熱を持つそれが、ズズッと入りこんでくる。

焦らされていた内壁はそれに嬉々として絡みつくように蠢いた。

「ああっ、あ……あ」

その襞を擦り上げるようにして、貴臣はそのまま奥まで強引に貫いた。

「ぁ…あああっ、あ、あ！」

指の届かなかった場所まで犯されて、望の体が跳ねた。

「は……っ…、イイ体…。凄く気持ちいい」

狭いそこを堪能するように貴臣は一度動きを止める。自分の中でそれが脈打っているような感じがして、望のそこが知らずにキュッと窄《すぼ》まった。

それに貴臣はふっと笑うと、ゆっくりと奥まで犯したそれを引き抜き始めた。そして中ほどよりまだもう少し浅い場所まで引いたところで、ゆさゆさと腰を揺らし始める。

「ああっぁ、あ、ああ！」

指でいじめられた弱い場所が、ちょうど貴臣自身の一番張りだしたそこに擦れて、圧倒的な悦楽が望を飲み込んでいく。

「や…っ…あ、あ、だめ…イく、あ、あ…っ……」

弾けそうだった望自身が後ろからの悦楽にぴゅるっと少量の蜜を飛ばす。

「イっていいよ。後ろが気持ちいいってこと、覚えながらイって……」

貴臣は望自身に手を伸ばすと、射精を促すように扱いた。

「あっ、あ……っ。あ、イ…く、あ、あ！」

望の腰がガクガクと震えて、自身から蜜が溢れる。

「やぁ…っあ、あ、イって、る、イってる、から……」

溢れだした蜜で、望が達したのは分かっているはずなのに貴臣は中を穿つ腰の動きも、自身を嬲る指の動きも止めてはくれなかった。

「だ、め…や、なんか、あっ、あ、あ」

達したままなのが終わらなくて、気持ちがよくて、体が震えるのが止まらなかった。

「っ…かおみ、さ……、ぁっ、あ、とまん、ない…ああっ、ああ」

不自然に痙攣《けいれん》して、悦楽から逃げようとするように揺れる腰を貴臣はしっかりと押さえつけると、また奥まで貫いた。

「やぁああっ、あっ、あ」

強すぎる刺激に、また体が跳ねて、何度も達してしまう。

だが、短時間で蜜を吐きすぎた望自身は先端をヒクつかせてトロリとしずくを漏らすだけだ。

「出なくても、イけるって分かった？　何度でも気持ちよくなって……」

うっとりとした表情で囁いてくる貴臣の色香に当てられて、また望の体が跳ねた。

「……っ…あ」

そんな望に微笑んで、貴臣はまるで腰を打ちつけるような強さで望の中を蹂躙した。

「ああっ、あ、あ……、つ…よい…あっ、だめ、イっちゃう、あ、あっ」

「飛んじゃうくらい、何回でもイって」

ぐじゅっ、じゅぶっと淫らな音を立てて出入りを繰り返す貴臣の熱塊に揺さぶられるたび、望の中で小さな光が弾けて飛ぶ。

「やぁっ、あ、あ」

一擦りごとに達している様な連続した絶頂に、頭の中も体も全部がドロドロに溶けてしまったような錯覚を覚えた。

「も…っ…、…め……っ…、イっ…て、も…無理……、むり……」

気持ちよくて死んじゃう、と思った瞬間、貴臣を受け入れている後ろが、不自然な動きで痙攣《けいれん》して、今までだって信じられないくらいに気持ちよくて頭がおかしくなりそうだったのに、もっと深い場所

から全部をさらっていきそうな愉悦が湧き起こった。

「やぁぁぁっ、あ、あ…っ…ふ、っ、――っ、……ぁ…ぅっ…、っ!」

体が浮き上がったような錯覚がした直後、処理しきれない悦楽に声すら出せなかった。

そんな望の中を、貴臣は叩きつけるような動きで最奥までを貫いた。

「あっあああっっあ、…あああ――っ――あ!」

叫んだつもりなのに実際にはもう、息が漏れる音しかしておらず、体中がヒクヒクとおかしな痙攣をして、中の貴臣を今まで以上に締め付けた。

「……っ…出す、よ…」

押し殺したような低い貴臣の声がした直後、体の奥が熱いもので満たされて――それを感じながら、望の意識はそこでプツンと切れた。


意識を飛ばしていた望が覚醒したのは、十分ほどしてからのことだ。

「望くん、大丈夫……?」

心配そうに、けれどどこか嬉しそうな顔で聞いてくる貴臣に、望は仏頂面で返した。

「……大丈夫に見えます? なんで三現場もこなしてきといて、あんなに元気なんですか……」

そもそも今日を夜這い日に決めたのは、貴臣が三現場の日だからに他ならない。

三現場の日なら疲れて帰ってくるだろうから、多少抵抗されても押さえ込めるだろうし、少なくとも現場で三回抜いてくる分、望との初エッチという興奮必至のシチュエーションでも暴走はしないだろうと元彦にアドバイスされたのだ。

それがたまたま、元彦の休みの日と重なっただけで、もし元彦が休みでなければ、適当な理由をつけて眞人が智哉を自分の部屋で寝かしつけてくれる手筈になっていた。

「んー、望くんは別腹だし、三現場こなして帰って来てたからこそ、余裕ができちゃって、ついねちっこくなっちゃったっていうか、すぐにイけるほどの元気はなかったっていうか。だから一度で終わってあげられたってことでもあるんだけどね」

貴臣から返ってきたのは予想外の言葉だった。

「……化け物…」

「お褒めにあずかり光栄です」

望の罵《のの》りにも貴臣は嬉しげに笑って、望の額に口づける。

「……一応、一通りかきだしてはあるけど、ちょっと休んだら、お風呂で綺麗にしてあげるね」

「一ミリも動きたくないんですけど」

この前の比じゃないくらい、だるくて仕方がない。この体で階段を下りるなんて、絶対に無理だ。

「大丈夫、お姫様抱っこで連れてってあげるから」

貴臣はそう言った後、

「しちゃった後でアレだけど、本当に僕でよかったのかな。望くんは、普通の子なのに」

少し心配そうに聞いてきた。

「本当に今になってそれ聞く？　って質問ですね。……貴臣さんじゃなかったら、お断りしてます」

「智哉もいるけど」

「智哉くんは可愛いから、それこそ別腹です。ていうか、むしろ智哉くんがついてくるからです」

笑って言うと、なんだか複雑だなぁと貴臣は苦笑する。

「……智哉が小学校に上がるまでには、男優業から引退しようと思ってるんだ。やめて何するかはまだ何も考えてないけど、望くんをちゃんと幸せにするから、これからもそばにいてくれる？」

それは半ばプロポーズで、どう返そうかと思ったが、素直に返すととんでもなく恥ずかしい気持ちになりそうで、

「合点承知です」

つい、色気のない返しをしてしまう。そんな望に貴臣はくすくすと笑って、

「本当に望くんを好きになってよかった」

甘い声で囁くと、望の前に小指を差し出した。

「これからもよろしく」

その貴臣に、望はただ笑って、差し出された小指に自分の小指を絡めた。

◇◆◇

翌朝、いつもの時間に起きた智哉と、その智哉に起こされた元彦と、夜這いの結果が気になって早く起きてしまった眞人の三人は連れだって、階下から漂ってくる味噌汁の香りをたどるようにして台

所にやってきた。

台所のコンロの前に立っていたのは望――ではなく貴臣で。

「ぱぱ、ごはん？」

智哉は不思議そうに聞いたが、元彦と眞人は状況を察した。

そして察した眞人は、言った。

「今日、仕事の帰りに赤飯でも買ってきましょうか……？」

と。

おわり

あとがき

こんにちは。夏の暑さにも冬の寒さにも激弱な松幸《まつゆき》かほです。……ええ、安定の夏バテ中ですよ。本当に早く部屋を片付けて、クーラーを新しくしなくては！（まだ片付けてなかったのかよ）と、決意を新たにしておりますが、多分この夏は無理……。

冬に間に合えばいいなぁ……と恒例の汚部屋トークから今回も始まってしまいましたが、今回のシェアハウスも最初は汚部屋出発でした！ と無理矢理作品につなげてみる……。

望《のぞみ》くん、嫁に欲しい……と切実に思いながら書いてました。そしてやっぱり出てくるちみっこ。

今回の智哉《ともや》は、甘え方が分からない子で、おそるおそる甘えてくる感じを書けていたらなぁと思います。

そんな智哉のパパの貴臣《たかおみ》さんは、紳士なAV男優さん。AV男優さんって本当に凄く人数が少ないんですね。今回の作品を書くにあたって調べたら「絶滅危惧種」と語ってらっしゃる男優さんがいらっしゃって、「は?」と思ったら、マジで人数が少ない！

女優さんはたくさんいらっしゃるので、男優さんもそれなりにいらっしゃると思っていたので驚きでした。

書いているうちにキャラクターが暴走するのはありがちで、今回は眞人《まこと》さんが暴走しました。まさか「ち○こ」を連呼するようなキャラになってしまうとは……。

あ、元彦《もとひこ》は予定通りです。予定よりもマイルドになったかなー？

そんなバラエティーに富んだキャラをイラストにしてくださったのはコウキ。先生です。もう……なんて言えばいいのですか？　目が幸せすぎてヤバイ。瞬きしたくない勢いで素敵過ぎて、キャララフをガン見しました。表紙の葉っぱの位置が絶妙です。そして、口絵の智哉の座り方がラブリーすぎて！　コウキ。先生、本当にありがとうございました。

パンツが乱舞しているキテレツな今作ですが、笑っていただけましたら本当に嬉しいです。

これからも頑張りますので、どうぞよろしくお願いします。

蝉の鳴声に戦力を喪失する8月上旬　　松幸かほ

CROSS NOVELS既刊好評発売中

おやすみなさい、またあした。

恋と小梅とご主人様

松幸かほ

Illust 古澤エノ

小梅は「おばあちゃんが最期に漬けた梅酒」の精。
時が止まったような蔵の中で、いろいろな酒たちや、唯一の人間である
おじいちゃんと幸せに過ごしていた。
しかし、小梅を可愛がってくれていたおじいちゃんが亡くなり、蔵が
哀しみに包まれていた頃。一人の青年が、その扉を開けた。
正体を知られてはいけないと、こっそり様子を窺がっていた小梅だが、
寝酒として寝室に連れていかれてしまう。
そして酔ってまどろむ彼に、人の姿をしているところを見られた小梅は、
そのまま抱き寄せられ、優しく口づけられてしまい———!?

CROSS NOVELS

CROSS NOVELS既刊好評発売中

幸せになろ? 性的な意味で♡

しあわせになろうよ、3人で。

松幸かほ　Illust 北沢きょう

「俺達が幸せなら、いいんじゃね?」

優柔不断な末っ子・俊が新人研修で同室になったのは、寡黙な元同級生の幸成。そこに俊ラブな親友・夏樹も加わり、俊の新生活は賑やかに。三人で仲良くなれるかと思いきや、夏樹と幸成に迫られ、初心な俊は大パニック!?

しかも一週間以内にどちらと付き合うか選べと言われてしまい……。

エレベーターに社員食堂、資料室。ところ構わず繰り広げられる二人からのセクハラに、俊のキャパは限界突破寸前。

俊はどちらを選ぶのか!?

CROSS NOVELS

CROSS NOVELS既刊好評発売中

どんな時も、一緒に生きていこう

狐の婿取り-神様、決断するの巻-

松幸かほ　Illust みずかねりょう

狐神の琥珀は、チビ狐・陽と本宮から戻り、医師の涼聖と三人で平穏な暮らしを再開……と思いきや、空から手負いの黒狐が降ってきた!?　その正体は、伽羅の師匠·黒曜だった。

黒曜は各地で野狐化している稲荷の調査に出ていたという。

そして、琥珀の旧友も同じく野狐となっていた。彼を助けるために、再び琥珀達が立ち上がることに。

命懸けの任務に、琥珀と涼聖は別離も覚悟し——。

緊張の本編&萌え全開な短編2本を収録♪

CROSS NOVELS

CROSS NOVELS既刊好評発売中

新米パパ「代行」は、もう大変!?

狐の婿取り-イケメン稲荷、はじめて子育て-

松幸かほ

Illust みずかねりょう

「可愛すぎて、叱れない……」

人界での任務を終え本宮に戻った七尾の稲荷・影燈。報告のため、長である白狐の許に向かった彼の前に、ギャン泣きする幼狐が??

それは、かつての幼馴染み・秋の波だった。

彼が何故こんな姿に……状況が把握できないまま、影燈は育児担当に任命されてしまう!?

結婚・育児経験もちろんナシ。初めてづくしの新米パパ影燈は、秋の波の「夜泣き」攻撃に耐えられるのか!?

『狐の婿取り』シリーズ・子育て編♡

CROSS NOVELSをお買い上げいただき
ありがとうございます。
この本を読んだご意見・ご感想をお寄せください。

〒110-8625
東京都台東区東上野2-8-7　笠倉出版社
CROSS NOVELS 編集部
「松幸かほ先生」係／「コウキ。先生」係

CROSS NOVELS

メゾンAVへようこそ!

著者
松幸かほ
© Kaho Matsuyuki

2017年9月23日　初版発行　検印廃止

発行者　笠倉伸夫
発行所　株式会社 笠倉出版社
〒110-8625　東京都台東区東上野2-8-7　笠倉ビル
[営業]TEL　0120-984-164
FAX　03-4355-1109
[編集]TEL　03-4355-1103
FAX　03-5846-3493
http://www.kasakura.co.jp/
振替口座　00130-9-75686
印刷　株式会社 光邦
装丁　斉藤麻実子〈Asanomi Graphic〉
ISBN 978-4-7730-8858-8
Printed in Japan

乱丁・落丁の場合は当社にてお取り替えいたします。
この物語はフィクションであり、
実在の人物・事件・団体とは一切関係ありません。